アラバマ太平記

大野南淀

思潮社

アメリカの薫り

中腹にしゃがむと
路傍には藪蘭ひやり

ゆっくり膝を伸ばしきる前に
リフトで一緒の年配の人

足並みそろえやっぱり一人で
登るの好きですかと笑顔と答えを

知って聞くのだから即席の業
頂いた熱いコーヒーともども申し訳なく

かたじけなく裾にこぼしたコーヒーすぐ乾く
下山は別ルートかな

目次

ミシシッピ詩篇

装幀＝中島浩
写真＝笹久保伸

アラバマ太平記

妻、有希子に

序、とある会話の終結として

ねえ声をかけてこないの？
転覆するためにも。
あたしが
最後のマッチかもしれないわ。
声をかける、
それがどういう意味なのか知っているのかい？
暗号がルールもなく
暗号として飛び交う戦場で。
つまりは男が惰眠を求めざるをえない日常の中で。
トマト・
ケチャップ！
ええ、誰かが亡霊になるんでしょ？
そうだったかい、
おれがもっと亡霊になるんじゃなかったかい？
いいえ、どこか遠くの異界でレイプが行われるのよ。
じゃあ、おれはおまえに声をかけられないじゃないか。
試験してあげる。
待てよ、おれとかかわるとおまえも実験用具にされてしまうぜ。
泣きたいわ。
会ったばかりだぜ。
だから、泣きたいのよ。
大人の男のように泣こうか。
立ち上がって、背骨を伸ばして。
そうね、あたしたちは抱き合う前から

大の男のように泣いているのよ。
無言で。
映像の中で。
ああ、そうだ、人間が人間として死ぬことの
難しさの中で。
涼しい顔をした監視者の前で。
ええ、一緒に男らしく、猛々しく、
泣きましょう。
ああ、あの山を見つめる未来の少女の名誉のために。
泣きましょう、
ただただ。
そうして、歩きましょう。
声をかけあったかのように。
あたかも。
そう。
生き返った霊魂、裸の涙。
出会ったばかりでしょ、あたしたち。
そうだ、その演技ともいえる。
この死後の革命的世界で？
勇猛に泣きましょう、あめりかの男のように。
無謀にも、
女になった女のように。

I、ナンタケットの涼しげな夏より

監視の中で声をかけると――出発と出奔――西へ、ボギーとスーザンがアメ車で――あたしたちの町でなかった町を背に――イリノイの田舎町、スーザンが男と関係――妻は有閑マダム・メリッサ、スーザンの精神分裂――よくあるテーマ、亡霊のテーマ――メリッサの葬儀、王宮、追跡＝蘇生――農園と貨幣――「人種化する階級」と歴史――スコップの尖った部位

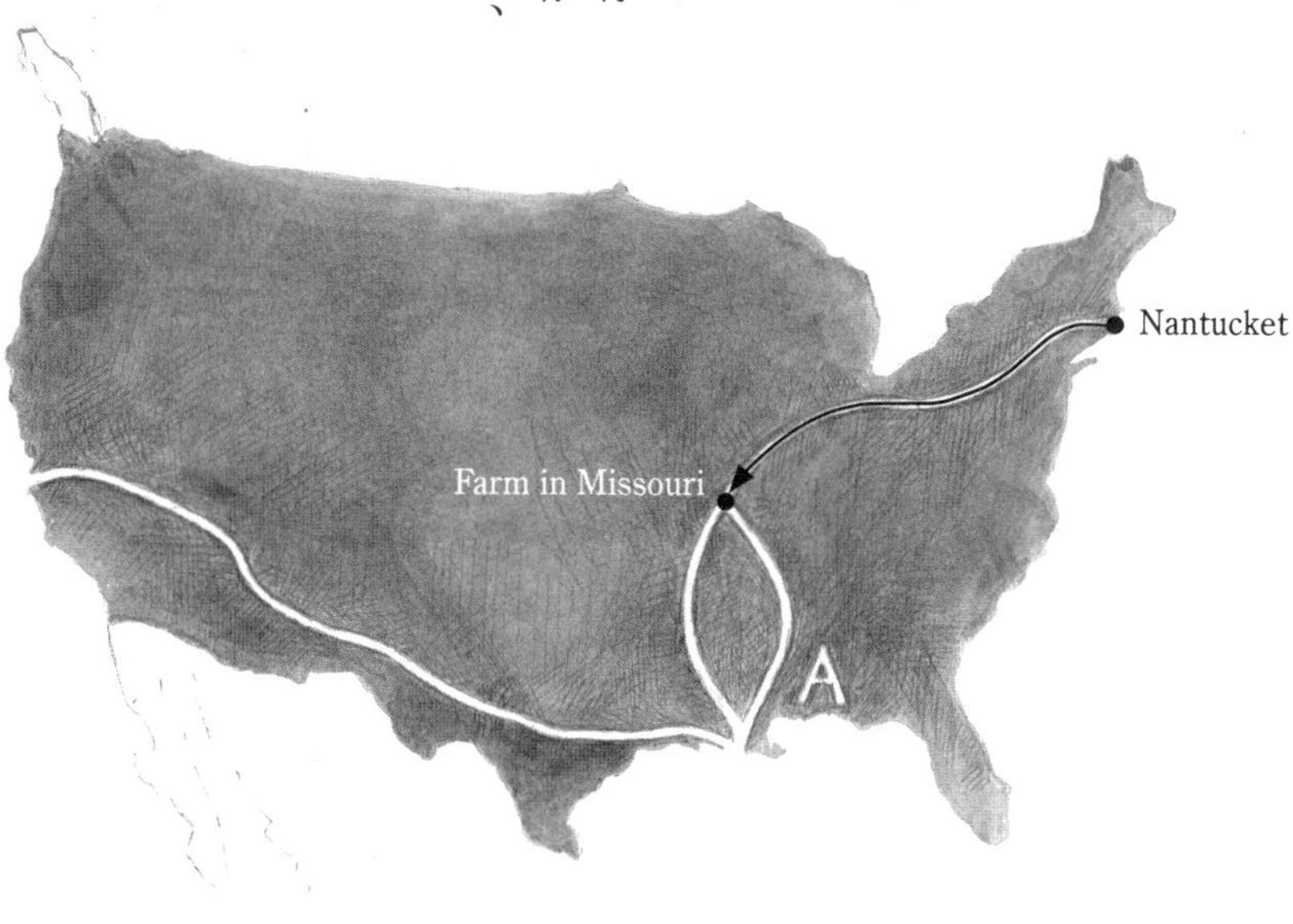

選ばなかった方の人生が溶けていく
路面、アスファルトが剝がれていて、
過ぎ去った事を選んで
選ばれたことになって、ただただ過ぎゆき
放映されて
望遠鏡。

男、まだ言葉が覚束ない。
言葉を覚えなかったから
というわけではない。
のちに詳述されることになるが、
閉じ込めようとする策を破って、
閉じ込められて、
抜け出て。
閉じ込められてゆく、女。
女性礼賛としての女。
風通しのいい額で、
性別への道のりを抽象化する。
男は空虚さを閉じ込めて、移動する。
病院?

苔むす大聖堂への道すがら、
カラフルな夏服たちが
カーテンとなる

安っぽい木造アパート。
その駐車場で向かい合って
ボートを漕ぐような動作。
他人の仕草、深緑に染まりすぎちゃった。

車はクラクションの音響だけを喜劇的にその場に残し、
出発。
嵐に出会ったことのない
小さな歴史が、
リスの衝動のように息づいて。

おれたちの町だった町。
町だった町。
それは町。

指と指を組み合わせる。
左手と右手の隙間に、つむじ風が走る。
微温が通り抜け、
そうしてスーザンが路地裏で
服を脱ぐということだ。
この先どんなお茶が不要だというのか。
ミシガンの寒い夏も盛っているよ。

頭頂部、指紋たち

の持ち主、
同一か、それとも。
名前が与えられる。
人生なのだ。
男らしいことが男らしいわけじゃない。

盛るならば終わりが近い。
声紋をも丹念に拾うボギーは眉の合間にも
笑みを浮かべる。
「彼が簡単に声をかけてきたら突如終わる物語が
始まらない、やっぱり」なるメッセージ
ひらひらと、あっけなく
降ってくる、細長い青空から。
尾行でもその反対でもない
逃走への回帰、つまり、平行線状の移動。

天下の男女は目を合わせず、乳が垂れるばかり。
ところでボギーの父親
川下の洪水を
洗濯板で止めようとする

ものだから
溢れ返る遺徳
睫毛の先に集まるぜ。

ボギーの例の眉には
炭鉱が生成。
凡庸な裏返し
彼女の方は「ぱたりろりろ」。
彼らは獰猛な乗り物に静かに乗り込む。
柄だけが新しいスコップを握りしめて。

貴族的炭鉱夫は及び腰で
腰ではなく勃起を隠すためで
始まった。
そういうものだ。
始まったか。
そういうものなのだ。
そうして
車輪が二つの蹉跌を描きながら
コウモリを轢き砕き、二人は歌うのだ。
「シーオーツよりパイオーツー」。

環境的な幸せへの堕落、
その中途
今度は労働者的遊女の方が、
振りかざした柄を唾でべっとりと濡らす。
悲劇を拒絶する勇気、すなわち、
エコである。

柄からはぽたぽたと、エコ
やばい、ロードムービー。

倒幕と思えどあめりかに幕府なし、と同程度に、掘り当てたいと思えどもゴールドラッシュに陰毛なし。つるつるとした質問を代わりに投げつけて、ささやき、避妊からオハイオに消失する。彼は男だ。だって堕落を掘削と読み違えて、あさがおの涙に閉じ込められてゆくのだもの。

疲労に覚醒する腕を
引きずりながら
食堂でパンを買うと、お釣りに
パラノイアをもらった。
彼女は解釈の網の目に
乳首とウィンクを露出する。
もうオハイオなの？
なんなの？
秋の虫が踵を磨いているね。
が、まだまだ夏の光は激しく

激しく逆光を捉え
官憲が殺人事件を甲羅干ししている。
あたしたちの町でなかった町。
悲劇が遠ざかり、悲劇的な意志が逆行。
「白さについて」の線引きが白濁し。
犬と猫の間隙だけには信じること
信じるように
午前四時から三日間、留置所
夕陽を眺めなかった赤い罪、音信
挨拶が糸電話に溶けてゆき、
誕生へのマフラーも
湿気に溶けていき、貧困への矛盾
解けていく
資本主義的な治癒を拒絶する
喜び、一宿の露地に亡命。
彼女はごはんをたくさん食べる。
慈愛の峠を回避して、
こんな戸籍を棄てるのか。
チョコレートが箱の中で鳴っていますね。
半年前の雪でできたチョコなんですね。
伝道の道を伝って
落ちていく相場師。

幌馬車に跨り、現出した甲冑。
　ひとりでに展覧会へ
イリノイ　瞼を擦る

　　　　　黒い犬。
　　　地面を蹴り上げる他人の犬。
本当に大きい国だわ。
その小さな口がそんなに大きく開くとは知らなかったぜ。
ああ
　他人の犬を気儘に勝手に名付ける
　　昼下がり、風の色
　　　スーザンは分裂した精神をメリッサと名付ける。
メリッサから束の間、男を奪ったからだ
　アイルランド系有閑マダム
　登場していたメリッサと生活のために一緒になった男と、
関係を持っていたのだ。だから、

スーザンは精神の分裂をメリッサと名付ける。
　がちょーん
　　メリッサは死んだ。
　　誰の町でもなかった町、
平等な町。
　汗が乾く間もなく葬式に参列しなければならなかったのだ。
どうやって？　本気泣き。

ボギーはその一部始終を鐘塔で見守っていたのだ。
　タバコをくわえながら、
　クラクションが鳴らされる前のこと。　過ぎ去ったこと

　　追いかけてくる？　追いかけてはこないだろう、
けれど、追手の一進後退、
　　換言、亡霊が逡巡しているね。

「前衛の中の後衛」が襟を立てて防御している
　　ねえ、防御している
壁だけが防御しているわけではなく、
　本当に長い話だわ　　ええ、何処へ？
彼はタバコを吸い終わった。
　目の前に佇む黒い犬にのたまう
おまえはおれの烙印なのさ。

　　　傘の内側だけが濡れている。
そんな休日だ。
　明日も休日だ。

　　　　　蜘蛛の巣のような性欲、
　　　　被殺人者に対する分析、
　　　三角形への忌避。

エゾマツの幹、

その中に埋もれて彼女は戦っている。
　そんな祝日だ。
　　火が燃えている互いの腹をナイフで切り裂く
　スーザンとメリッサは王を名乗る皇女たちであり、パンを
　名乗る麦の粒であり、

あー
　　早熟な柿が剝かれるたびに貨車が汽笛を鳴らすよ。
　昼寝　　こんな幸福
失態に騙されて新展開が
　　新しく古い王宮はエゾマツの中にある。

　　そうして平原と労働が対置されるとき、
　怠惰な峡谷に遊撃軍が散りばめられるだろう
　　　　　敷衍されゆくレール
　　　殺された身体を起点にして。
金はない。
機関部の下側に足をかけながら、それでも
　手を取ろうとし
　「下側の道楽」をいそいそと温める。
責任、
新皇、
加熱。
　　季節に抗って、
緑が深まりゆく夕べに。

いったんの、さようなら。

あめりかのすぱげてぃにアルデンテはない。王宮の小屋でボギーはキッチンに立つ。トマトが熟れていないものだから、胡椒だけでぱすたを食べる。咽が乾いて風が通り抜ける。熟れたのは人の体の形をしたフォークのはしっこの嗚咽の形。「絶望という希望」にも塩をかけて風を掌でつるつるする。

　　　　革新的に
保守的に、スーザンは追いかけている。
　破片をメリッサに割り当てて。
そうして保守的に革新的に、電熱をミズーリを通して
　動力に変えるのだ。
　お、ね、が、い。だ、か、ら、境界州。

　動力、歴史に遅漏。ポンプへと吸い込まれて、
　彼女が硝子の先端で刺青を彫る舞台で
鉄血の期待に応えぬ嫡男もいる。

火水木、サイコパス、そんな日に
彼女は故郷を想うのだ。
　ダレカコキョウヲオモワザル。
彼はタバコをくゆらし、
足下から釣り糸を垂らし、
忍耐の粒子もぽろぽろこぼし、
五年ごしにとれた「魚の目」の跡を「こしこし」する。
待つ。
　　　自然治癒の「自然の方」。
　オレニハナニカガオコルノサ。
　　　追従の晩年を

受け止めながら
彼女は
爪を立てて、
摑み取ったシーツに
隷従への道を、
描く。

「いつの間にやら仲間がどんどん増えているの、ね」。
　　壁に掛けられたヤカン。
　　十五分ごとに振動している
仲間はけれども家族なのか。

彼女は空っぽのマグカップに自由を注いで「枕の棄権」を計っている。
　　てくてくてく。
　　後ろを振り返って、いる。
仕方ないから銀行に入って、待合室でクッキーをつまむ。
　　帳簿に記入される
猫が鍵をくわえたままインクに沈んでいく。
　　海から浮かび上がる尻にも、
　　　ここには大きな川しかない
　　イカダや橋ではいけない
そう
　　彼らは待合室からトンネルを掘ろうとする。
けれども酩酊したスコップの尖った部位を阻むのは、
　　プロレスラーの人権、
　それから骸骨、そう、
彼らの無数の骸骨。
　　楡の木の渇望から亡霊が呟く。
　「人種化した階級を語らなければならない」。
彼らは剝ぎ取ったマスクで指先を拭い、
　海へと続く
　　「好日」を閉じて、恬淡とした目配せ、
窓の外には農園が広がり、

雇用

死体たちから吸い取った
「実態」を穂軸と鬚に注入している。
たくましさ。

彼女はトウモロコシの向こうに愛撫の残骸も見出すのだけど、
ねっとりした歴史から逃れられない。

II、辿り着いたミズーリの農園で

農作業小屋に射す朝の光――南部の資本主義――折り紙を折り返す子供（稲川と荒川に）――そう、ロバート・ジョンソンも白い人にトマトを売った――勤労と会話――診療所がある農園もある――農園主の本棚――遠くへの投函――分裂した方の精神が想う場所――非法治国家のアントニムが欠落し、保守的でかまわない――乗客を募る裁判（結ばれるために）――讒言なら破れた靴――隠者の親族を考える――追憶、監視、ブランコ――「あめりかのしべりあ」の記憶に

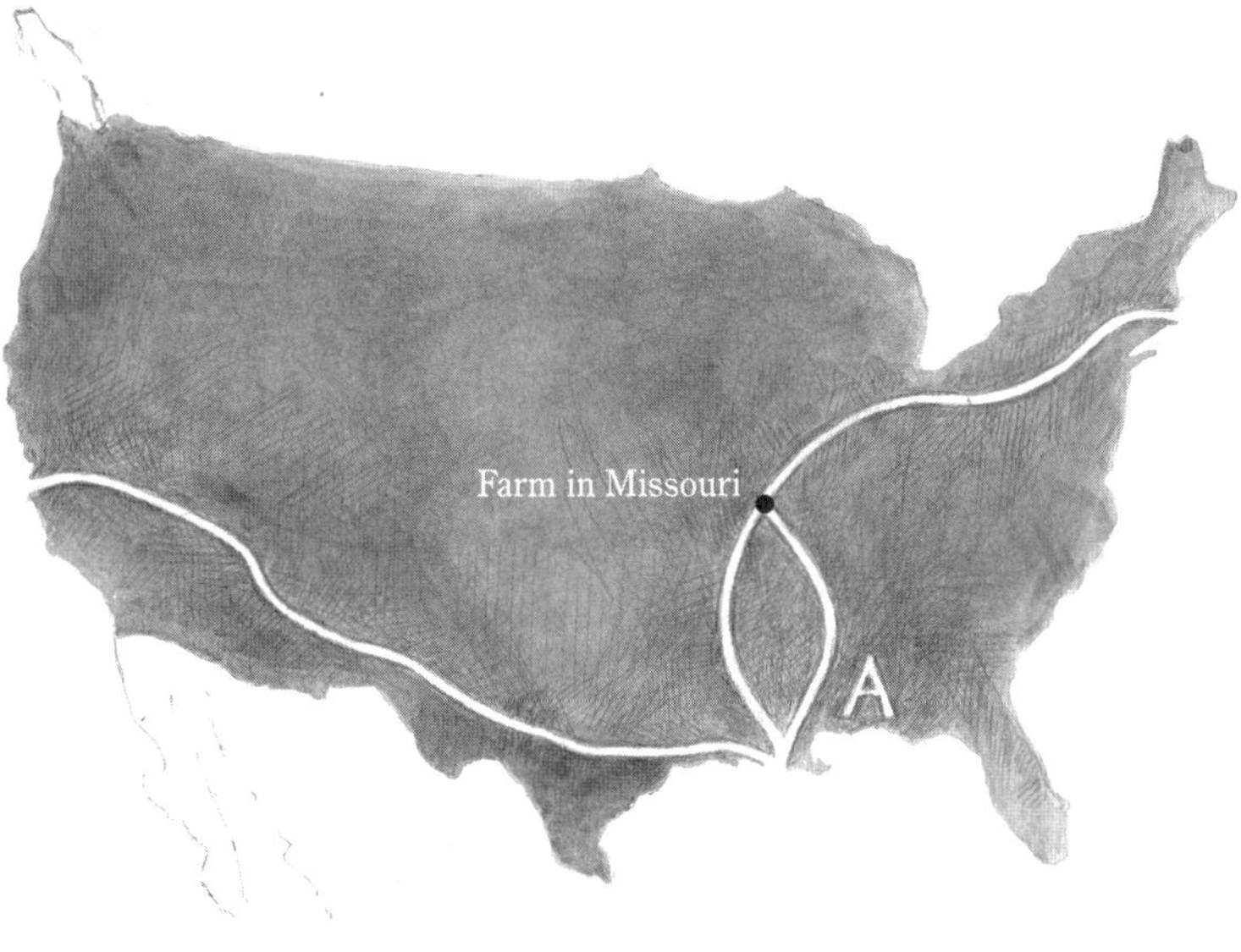

それから日が沈んで、資本主義が明るく輝いて
　　回想が昇って
　　回送の闇が静かに動く夜で、
彼らは止まり木の上でいろんなことをしている。
　　　　無言で
　　抽象的な好々爺の死も思い出されて、
城に立て籠もる半端な兵隊の生が追体験される。

無言の鬉すら楽観の櫛で撫でつけながら眠りにつく。
　　地底からリチャード・ジェンキンズの呻き声が聞こえる、
とはボギーは言わず、
　　任すのみなの。

　　南部の農園に資本主義が明るく輝いて、
階級の鍵である所有は金銭から切り離されているようで
けれども、メシアはブッダと仲良くならず、

闇に横たわりて光を待つ。
　　　　でも眠くない。
　　　　　　　　　　でもめんどくさい。
　　　　　　でも、確かに、
朝がくる。

　　朝飯を食べずに何年もそのままになった
　　枯葉を踏みしだく彼ら
彼らの観念が半分に割れている。
　　卵の殻も割れている。

　　アンニュイも悲嘆もぱっくり割れていて、
　　ニーチェの馬、
大きくなければならない。
　　　　　　　　　　だから、
長い間、彼は普段に優柔不断だ。
そのことに気づいた彼は寝そべったまま姿勢を正す。
だが、降伏しようにも
　　その相手すらすでに消えてしまっている。
　　　　　　　　　　だから、
　　ボギーは戦い続ける。
　　　　　　　　とりあえず
枯木を拾って
　　ファックミーと呟き、
　　両手と両足でZの文字を象り、
両手と両足以外で戦う。

足だけ沈んでいったら身長が伸びるのかしら？

城を明け渡してあげるわ。
すると空からまたしても糸がぶらさがっていて、
豆の木を逆向きに嵌め込むと、咳き込みます。

子供を殺したい願望を持つ女が微笑んでいる。
ミスター、ねえ、時間をおくれよ。

スーザンは何事にも無関心を装って細い綱の上でダンスをしている。
農園では貴婦人が高級な折り紙を畑に敷き詰めていて、
言い訳が顔を出しています。

折り紙を折り返す子供。
死んだらそこでそれっきり
本当にそれっきり終わりなのだろうか。

つまり、
手遅れかもしれないが生きなければならない。

というわけで、日銭を稼がなければならず、それも
亡霊とともに。
亡霊が世を渡るのも一苦労なのさ、
ならね、
形式が反動の階級に属している、っていうのなら

反動は渡世の遺伝子に組み込まれているわけでね。
こめかみ、きっと、
貝殻の中からボールが跳ね回る音が聴こえるはずなんだ。

なめる
あおる
バーボンを。

地の底からの猥談を清聴する
彼女はトマトの種を舌先で
他人の敷地の庭木に植える。

男がグラスを片手に眺めている
人生の不毛を
移動に変えて、彼らは進むべきだが
農園で汗を流すのも悪くない。
彼らは大きな概念と出会っている。
血液のような色の

トマトはいらんかね。
熟れていて美味しいよ。
大安売りだよ。
トマトはいらんかね。

というわけでおれはバナナを豚にくれてやったことで
危うく命を落とすところだったのさ。
　路肩に腰をおろした黒人が
　　　語りかけてくる。

　　彼は軽薄に
　　　せせら笑う。
　差別主義者なのだろうか。
初恋の人の片眼はずっと閉ざされていた。
　　この黒人の心のように。
　豚の高貴さ
　　　今昔　惜別。

無詩学の粘液をマチズモのかけらで割って
　　三杯目の変な飲み物を作る
勝者の美学。
彼はちょうど黒人に生い立ちを語り終わったところだ。
「なあおれから性別を買わないかい」。
お、生き延びて、
　背中に柔らかい痙攣が走って、
　やっぱりおざなりの詩学を注入してみて、
性別も棄て去って

十二時間寝ても起きると疲弊している
　昼下がり
　どんな夢を見ていたっていうのだろうか。
畝から畝へ
　　背走する
　兎に生活の残滓を投げつけながら彼女は思う。
　雇用主までも
　　　そうだな
十四時間くらい寝ていたならば
　ぐうたらな平等が訪れるだろうよ。
　強制された病気
それを観察する眼球たちにも何かが強制されて

労働が生活をひとまず安定させて
新たな階級闘争が雇用主から告知されず、
逃走が闘争へと転化しえたのは過去のこと、

そう　昨日の医者の肌の色も黒く、
　　リラックス。
　今日の医者は緊張しています。
彼女に緊張しているわけではないのかもしれませんね。
　予め用意した原稿
彼女以外の「人間たち」には通る定型句に緊張したのかもしれません。
　人間の輪郭

　こんなところから崩れていきますね。
空は真っ青です。

　認識を鈍らせる薬をいったん放
　棄すると足の爪の先まで体温が
　宿ってくる。冷めながら温めな
　がら、待合室。ブロンドの女の
　子がお父さんに自慢している。
　「日本できゃばくらに連れてか
　れてかるぴすというものを飲ん
　だけど、純粋な味がしたの」。
　廊下に孤影。だから、スーザン、
　黒髪。

　労働怠慢以前の、
薬の正義を考えていく問題
黒板にクリームで描かれている。

　そんな風に病院を見つめている彼はまたタバコをふかしている。

とっても夏なんです。
　まだ。
彼だってあの薬をもらったことがある。
　汗が滴る。

おっぱいって触って気持ちいいの？
　気持ちはよくない。
　　興奮するだけさ。

ハリケーン
　　　子供の頃、プリマスで。
　あの辺りでは珍しい話。
　巻いていた、巻いていた
　　死んだ魚の目をした
　　役人の隠し子
　巻いている、巻いている
　　　鼻の突起部を失って
濃厚な汗の匂い。
　彼女が正門から出てきて、タバコを靴の裏で消す。
　　二人の間をビュイックが通り過ぎる。
　　　明滅する光が巻かれていく。

たくさん喋っただろうか。
彼女は気持ちのいい地殻に近づき
　はぐれアヒルの夢を一つ一つ
嘴に返していく。
　　　丹念に磨かれた理由は
　まるで先生の荷箱のようです。
ミズーリのモーテルに倦怠の青空が沈み、

かつてのヒッピーたちが緩めた蝶ネクタイを投げ飛ばし
　　あるあるある！
　診断書なる紙幣で

　ネジを締めると
そのたびに貧乏な白人がジンをトニックで割り
　ネジを緩めると
インディアンたちの御霊が一頭の巨大な馬に跨って
　つまり、
人生とキャベツの芯はどちらが重いのでしょうか。

　多幸感、
　全能感、
　与えられた指示が赤く染まるから

本棚を整理すると
言葉が体から
　抜けていくのが
分かる。
　音を立てているからで、
もちろん他人の本棚を整理しているわけだが、
それも貴婦人の本棚であるならば
お嬢さんがピクニックの朝

母親に作ってもらったサンドイッチのような
行儀のよい鈍感さが、
　乗り移ってくるわけだけど、
　そんな時、
彼女は本棚がかつてくぐったドアに
　頬を
くっつけてみるのだ。
　たまたま今回も
居間と書斎を区切るドアで
　それは
天国と競馬場を区切るドア、
　裏庭へと続いていくドア、
　　第三世界を閉ざしていくドア。
咽が乾いているね。
　唇に硝子が当てられたような
　　うおっ
　乾き　貫徹。

全ての町が遠ざかり
この農園だけに
あのヘリコプターが到着する
錯覚
思い出されて

井戸に落ちた子供にしかない「世界」があるのさ。
そんな捨て台詞を残した物書きは
長年つけ狙う大ナマズを双眼鏡で観察している。
しかしながら檻に自ら入っていく、ボギー。
　さてどこへ行こう。
檻を構成する一本の鉄を触り、
遠く遠くを想う。

　どこにも現れない故郷
　　ボギー　スーザン
　　　時間にクーデター
ハガキ
　　　　　　　　歯磨き
　　　　　バビロン
「メランコリーのインク」は使わない
ドウシテモフタガシマラナイノ
　農園のあんちゃん
　　背が高い
　　　　半休
　　　墓参り
　　投函
　　　　どぼどぼと
　　垂れてしまう
「非情」で指先を浸していて

それから午前九時に
　宛先に
　　到着、
滝壺に広がっていた
　方形の波紋
円形の調和へと
　　　　帰還
　うほっ　そんなわけがない
日の光が差し込む直前
　久しぶりの
車の手入れ
　畝間を陽性の
貴婦人が歩いている
　これに関しては監視ではない
嫉妬の伝播路。

亡霊が懐かしむのは
この世ではなく
北部
あの民主的な民主主義
その落とし子
怨念が髪の毛を溶かし、
　なびいていたはずの不条理は
立ち並ぶ煙突を指し示す。

民主的でない民主主義
無関心な煙が立ち昇り
大量のトランプが燃えている

　　なるほど。
隣の作業者は副業でスーパーのレジ打ち係をしているが、
　　やけに大きな声で客と話すことで有名だ。
　女が女を生み、女が水平に繋がっていく暁
　　汗が首筋から鎖骨に流れていく
白紙の計画書
　「ありがとう」と暴力的に書き込み
装った仏頂面でバケツを所定の位置に置き、
たなびくスローガンの中に政治を見ず、
　攪拌されゆくクリームの中に「政治を見ること」を見る。
　　十分に可能。

彼女は働く。
靴下を脱ぎ、
　靴下を窓の枠にかけ、
　働く。
仕事の指示を待ちながら、
待つことにくたびれる前に踝を磨き、
脚から臀部を
　「忘却の阿片」にこすりつけている。
生産性がたなびき、
　少しずつ農園の空が高くなっている。
心なしか「壁」も成長しつつあり、
　青い報酬を収穫高に上乗せして

盲目の非法治国家。
　　他人に人生を書き込まれる
どんな気分か分かるかい？
　そう唸って掲示板からピンを抜く一人の風来坊、
　　　法廷ではコーラを飲まない。
　　瓶を握ってしゅしゅわさせる
だけ。
　二人はもはや兄妹のよう。
　　裁判所付近のアパート
　　　お湯がはられる。

労働と判決の
　　半分だけ欠けた月
箱をごそごそ漁る
　　　フラッシュ！
「乗客」が明らかになる。
城へとダイブする途中、
「乗客」がごそごそ漁る。

その城に向かう階段にうずくまる、
そんなところからも仕事が発生し、
ちょっとした太鼓を右肩で支え
優雅な身の上話を叩き出す。

音声と映像
の
記憶も遠い。

デカダンなビスケットをくわえながら、本当にそうなのか。
断念掲揚、挙党一致体制、
フライパンでふいに炒められた髪の毛、
長い。
涙も吐息も出ず「だって本気じゃないんだもん」
砂に書いてみるが、波が文字を消すわけではない。

鍵のかかった真夜中のことで、
何が起こっているか分からないが何かが起こっている。
アスファルトの歩道の途切れ目
仰向けの自暴自棄。
昼と夜が抱き合うタイミング。
覚悟は決まっている、から、破顔。
もしくは、病院のシーツにくるまってテレビのオカルト。

音声と映像も
遠く、遠く、
町が裁判にかけられているわ。
町ごと裁判にかけられているわ。
あたしたちの町でなかった町に判決がくだるわ。

トマトに冤罪をかけて隠し子に栄養を与える輩もいた、
そういえば。
バビロンの昔から続く学童の系譜。
破られた法律の穴が「システム化」していき、
歯車から取り外した帽子を青い河に投げる。

接続が転送を生む夕べ、
一次宣告は町ではなく、風来坊に
「才能」がない。

結構なことである。
その証左、動物化。
犬や猫やライオンから始まり、
蟻の触角を通り抜け、
動物の残骸がほとんど残っていない。
監視体制下をのんきに泳ぐサンショウウオくらいだろうか、
残っているのは。
事を起こしてから罰を設定し、

人間の残骸は生暖かく、カテゴリーの網目から逃れ
「あめりかのしべりあ」にいた頃のように
眼をつむっていたい。
痛くなってきた、のだ。

冷笑が爆笑となる昼下がりには
スーザンは笑っている。農園の
向こうの草原に作業着を紡いで
いるおじいさんがいる。ミズー
リの茫漠とした昼下がり。彼は
人を殺した、という説もあるし、
鎖と玉の軛を打ち破ったという
話もある。その草原に向かう靴
に穴が開く。心地よい風が直径
をむずむず広げて彼女を立ち止
まらせる。

で、おじいさんの瞳孔はよく動く。
実際に会ってみると敏捷なのだ。
彼女は子供時代に行った動物園を思い出す。
虎が居座る檻の前
ソフトクリームが溶ける
つむじ風が吹く
靴の中がむずむずして、

振り返ると
誰もいず、
相変わらず溶けていくソフトクリームを
誰一人見つめてくれもせず、
足の速いスポーツカーが門の前にやってきて
ドアが開くと
誰もいない。
希望を乗せていたから
人は誰もいない
虎の居座る檻の中
とろっとした瞳に敏捷な瞳孔が動いて
辺りには誰もいなかった。

人間と動物の間に鉄柵が挟まって、
希望が鉄柵の隙間に挟まって、
鉄柵の隙間を速い物体が通り抜けて、

銃をとって立ち上がったという説もあり、
会社から大金をせしめたという説もある。
ポン引き組織にポン引き呼ばわりされたこともあり、
まあね、
あめりかはまだ若い。
彼女は彼に呼びかける。
ふてくされた頬は丸みを帯びていて、

途切れ目のない「女の話」
解放されたならば
しばらく
ずっと聞き続ける。
その予行演習。

突然に上空から落ちてきたトラックに
父親は轢き殺された。
母親は看守の話にしか耳を貸さない。
身の上話。
世間話。
ガールズトーク。
素晴らしくくだらない話で、
くだらなく素晴らしい話ではない。
いずれにせよ、
話もまた風であり、
人々の耳たぶをそっとなでて、

死にたい。
そんなときに人は無表情になり、
生きたいときも人は無表情になって、
多くの人々が生死に無頓着に生活を営んで、
表情を読まれる。
体形も読まれる。
ブランコに跨る悲しみが
人の話を聞きたがって、
風が廊下を掃き清めて、
亡霊とともに歩む歩みにも喜怒哀楽が満ち満ちて、
ボギーはスーザンを迎えに行く。
平らかなミズーリの休日を
時間が水平に流れてゆき

五年たてば死のう。
もうそろそろだろう。
そう思うと急に肩の力が抜けて、
優しい絵の具で顔を塗りたくる。
そろそろなのだ。
仮に生き延びたところで
そうだな、
彼は彼を葬り去らなければならない。
断層から染み出す軽い水で首を洗い、
体の中の水分が回転していることを感じて、
既に死んではいる。
のだが、なかなかに
死ににくい話になってきた。
次のハードルを乗り越えても

化粧直しのときに訪れる「愛の審査」
ソレハマダアイジャナイノヨ
アイジャナイラシイワヨ、ダロ

おれたちに所有されなかった町
だからこそおれたちの町だった町
所有を拒む生産物を産み出す農園

つまり、ミズーリの農園で
厠を掃除しながら、
彼は礼儀正しく懐かしむ
今日は足が軽かった頃を懐かしまない
「あめりかのしべりあ」で鎖をかけられ始めた頃、
そんな時代を懐かしむのは、あの頃、
少なくともまだ独力で立って暴れていたからで、
友軍に面目なく死支度を遅らせる将軍が
礼節を本気で学んでいる。

Ⅲ、農園の厠から再抽象化される方角について

人を抱くことは、人を晒すこと――収容所とＤＶＤ――60年代と、極東の研究者――アスファルトが続く「自然」な光景――貴族主義――二十一世紀的監視技術更新――待っていた保安官が到着し、逮捕請求――逮捕理由が何もないと却下され、愛が――血統のような南下

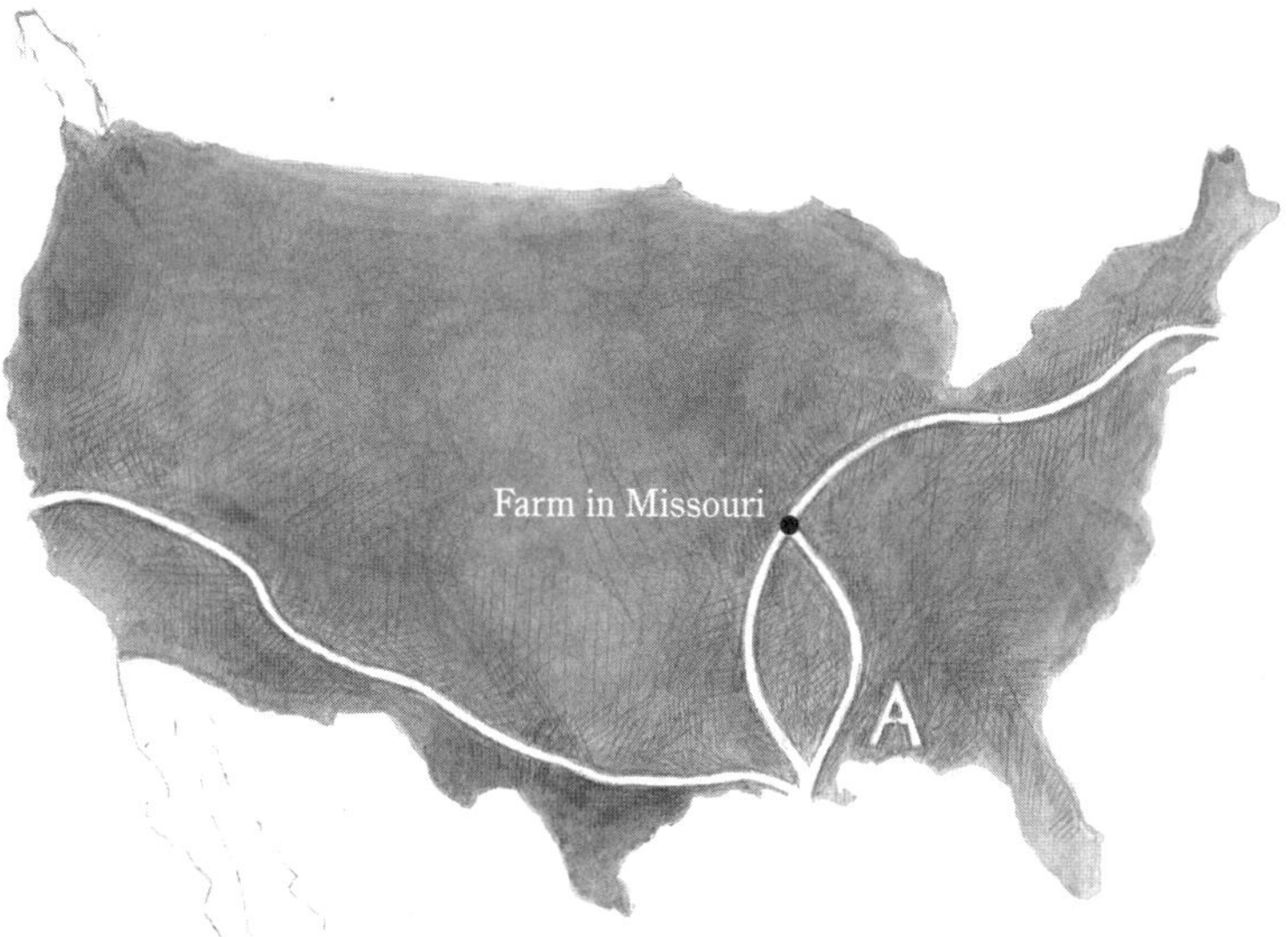

音楽が鳴り止んだら、
光を消そう。
踊ろう。
光が消えた闇の中で
光を消そう。
それだけのことなんだ。

そんなことを言ったのは、
どこの独裁者だったか、
フリーダムファイターだったか。
どうだっていい話だ。

人を抱くことは人を晒すこと。
こいつがもっと怖いことで、
どうだってよくない話だ。

「あめりかのしべりあ」では有名な話。
壁の向こうから聞こえてくる
どうだっていい話。
彼はスパニッシュ・レディーに呼びかける
チャントケッコンシタカイ?
オレニマダイキテホシイカイ?
どうだっていい過去。
彼女は壁に向かって話しかける。

あなたのお母さんは
あなたに修道僧になって欲しい
はずだわ。
そうだろうか。
子供に好かれる記憶、
僧侶に好かれない記憶。
ジーザス・クライスト！
あなたは一人の裏切り者を
神格化する道具となり
蟻の行列に汎神論が往来し、
彼女は続けて言う。
あなたの罪は校正されるべきだけど、
罰の典拠は箇条書きで
提出されるべきだわ。
ああ、いいだろう。
収容所、木製の扉に、かつて
爪で彫られた文字が浮かんで、
ああ、いいだろう、
彼だって人間で、
生きつつあったとしても、
死につつあるのだとしても、
人間で、
ヒューマニズムを毅然と拒んで、
オレガユルサレナイノダトシテモ、

カレラニハサバカレタクナカッタ。
オレヲサバクノハオオキナチヘイセンニ
キヅツイタアケノミョウジョウガ
ウカブオマエノコキョウニダ。
明晰さがつらい晩もある。
断罪を正面から受け止めながら、
冤罪という言葉を臍の穴から放射する。

町ごと裁かれていく町
町であったことなどなかった町

あの放射能は積もりゆく。
トムやメアリーもこんこんと眠る
小屋の屋根、こうなることは
分かっていたことなのだ。
しんしんと積もり
小屋の丸太、
丸太と丸太の隙間から
食器にまで浸透していく、
恩寵。もはや誰が悪かったのか
そんなことすら分からなくなる。
恩寵。　放射能を浴びても元気な女の子
鑑賞する『ゲッタウェイ』。

刑務所から出所する男、
迎えに来てくれる女と金をふんだくって
一緒に逃げるの。
だが金にも女にも
興味のない男が出所したら
どうするんだい？
アタシノナカデフカクナイテアタシノオリニニゲレバイイワ。

心地の良い牢獄、
町の再整理が計画されている。

仮に、万が一、解放されたとして、
手記を綴ればいいというのか。
それとも。
答えは既に彼の手から離れている。
あの男の眼鏡。あの女のスリッパ。
風の中だ！
だとしたら、謝ればいいのか、
怒ればいいのか？
風の中で言葉がまごつくのだけれども、
『明日に向かって撃て！』
その刷新も
主人公がとにかく逃げるからだった。
胸の熱かった叔父さんたちの時代。

話が腐って、
腐っていると認識する時代も腐る。
風の中だ！
刑務所から出所するのに
整理されたファイルが並ぶ
まず女の理解と寛容が必要で、
ＦＢＩやＣＩＡ、むしろボギーの感謝。
確からしい「技術」の供与。
管理者としてのおっさんとおばちゃんが
レンズを極東の研究者に貸しながら、あまりもの
アンフェアさに驚いたのだ。
極右的な感想が島国の文学を貫いたとしても、
頻繁に飲み明かした男は、今では
右大臣であるようだ。
綴り手としての「おれ」の咽も乾いている。
「その質問を食え」と右大臣は申し述べた。
ひょっとすると、その頃なら。
でもね。
全てのセンテンスが疑問文となっていきますね。
疑問符が震えていますよ。
で、スーザンは怒る。

怒る権利が与えられていることにも怒る。
その青い権利に噛みついて。
あたしの行動が全て演技だというのなら、
そりゃそうよ。
だって、
眠っている時ですらずっと誰かに見られっぱなし。
だから、眼を閉じなければいけないわ。
夕日も沈み、庭の草々が辞表を準備し、
町であったことなどたえてなかった町
風の通り道であることが存立基盤だった町
解放あらずんば執筆なし、で、
具体的な目標なし。
分からない。
サイコパスなんだったら
症例研究くらいのことはしておくれよ、
少なくとも、
ねえ、
だから、
その、
あの、
ちょっと、
ね。

言葉が道の中に消えていく
言葉が木々の中に消えていく
　その木々の合間を縫って
　　　アスファルトが続いている。
「自然」な光景だ。
　女たちが囁き始める。
そろそろ不条理な人道主義を棄てるべきだわ。
　男たちが叫んでいる。
戦意を喪失した者からは奪わなければならない。
　犬たちが吠える。
死体になるのを一緒に待ちましょう。

　　　　町
　　　　　消えていく
　　　　　　　　町
　　　コーラの泡に閉じ込められた
高貴な血統
　　血が繋がっていなくても
繋がっているもの、血統。

つまり、ミズーリの秋は深い。
ボギーはスーザンに呟く。
試されているもの、血統。

このテストが終わったら女を買いに行く。
人でなし。
入口までついてきてくれないか。
どうして？
そこまで手を握っていて欲しいんだ。
女のアレを舐めるくせに？
大事なことってのがある。
きちがい。
本当におれだけが狂っているのか？
さあ。
オレヲユルシテクレ。
何を許せばいいの？
分からない。
ダッタラドウユルセバイイノ？
分からない。
そのくせそんな顔するの？
いつだって同じ顔だろうが。

　　そんな会話がモーテルの隣室から聞こえてきても
もう、いいんじゃないか、
　　　いいんだろう。

　　　　　季節が落ちてゆき、
地獄から煉獄へ落ちてゆき、

現代のテクノロジーが指先にまで浸透し、
生気を失くした詩学が今世紀のボックス席で朽ちてゆき

あめりかでは、それ、しべりあから北極へ、って言うのよ。
なるほど。北極ならスパイが暗躍したって殺人は起こらず、
おれはあめりかの人じゃないんだね。
あなたは人じゃないのよ。
そうかい。
そうよ。
そうとすればおれには掃除しか残らない、むしろそれは希望だろう?
掃除も残らなかったら?
うーん、生活保護をもらうだろうけど、それも続かないだろうね。
つまり?
人じゃないのさ。
じゃあ「掃除」に希望を持つべきね。
おれもそう思うんだ。
あたしもそう思う。
おまえは全く善人だよ。

不要。イエス、プリーズ。最低。イエス、プリーズ。親不孝。イエス、プリーズ。ゴミのような自嘲。イエス、プリーズ。遁世。イエス、プリーズ。だめ。イエス、プリーズ。無理。イエス、プリーズ。無能。イエス、プリーズ。加害者。イエス、プリーズ。イエス、耐えられない。

シェリフ、あなたはここへ来るべきだと思ってた。
どうしてだい?
ここには法律がないからですよ。
じゃあおれの出番がないじゃないか。
いや、だからこそお出番なんです。
で、なぜに躊躇せず女を買わない? この世への未練か?
違います、怖いんです。
何が?
罪をすらきちんと犯せなかったら私はどうなるんです?
いつからおまえはそうなった?
四年半前。
今日はなぜ敬語なんだ?
分かりません。
なぜおまえは神経質なのに細やかな仕事ができないんだろう?
分かりません。
なぜ目の前の人を気持ちよくできない?
分かりません。
人を愛したことはあるか?
あります。

相互理解は？
相互理解？
何が罪だ？
私自身です。
じゃあ十年前はおまえの存在は罪でなかったんだな？
その通りです。
だけど、おれのボスは「四年半前」というのを認めない。残念だ。
ええ、残念です。
おれはどうすればいい？
逮捕できないなら私を落ちていかせてください。
おまえが悪くなかってもか？
その通りなんですよ。
ボスから無線が入ったよ、今。四年半前は違うだろう。
ええそうです。四年十ヶ月前にこの状況が始まりました。
それで？
三年三ヶ月前にはだめになっていました。
公の秩序を守るおれが言うのも変だがおまえは女を買いに行くべきだぜ。
そうかもしれません。
AV男優になるんですね。
さあな、おれは行くぜ。
去る前に頼みがあるんです、シェリフ。
なんだい？
適当な容疑をでっち上げて殺してくれませんか？
どうしておまえはそんな時に限って礼儀正しいんだ？

間違った教育を授かったんでしょうね。
両親を恨むのか？
いいえ、そんな気もしません。
じゃあ一体？
殺して欲しいんです。

　興奮剤としての「チンピラ」という語
　　石のような母性から出てサボテンとなる。
その通りだ。
「おれ」の唇から出てきた言葉は「おれ」のものでない、
　　　去っていったのだから。
　小さくなる保安官の背を見送りながら、そう、
　　砂あるところ全てで
　　　　言霊が誰のものでもない
　　　砂漠の砂が砂漠のものでないように。
　ブヨも浮かぶ池を覗き込むこの「おれ」とは？
　　微妙な前髪をかきあげると、
　勤労や怠惰への意志が照り映え、
　　　　　あ、
　　自殺衝動すら一個の生産物で
　ベルトコンベア式に流れてきますね。
　　　季節外れのあさがおとともに。
あなたの母親はまだ「息子に普通の暮らしを」と頑迷に狂っているわ。

訳が分からない。
あたし、言っちゃった、「あなたは普通を理解しているの？」と。
なるほど。
あたしはアラバマに一人で向かう。
ああ。
そこには何があるの？
何もない。
本当に？
柔らかくて軽い叔母さんの墓石がある。
高貴な血統で繋がっているの？
そうだ。
なら、あたしたちは繋がっていないのね？
いいや、しっかりと繋がっているのさ。

　　　血統のような点線で
　　繋がっていないようで繋がっている
　　町と町を結ぶ道も消えていく。
　　生活への耽溺が異国情緒への耽溺に
　　消されていくように。
　　惑溺の物語。

海の向こうの島国
　あめりかが生まれるよりずっと昔
移動式の檻に繋がれた東アジアの托鉢僧

軽蔑、同情、人々の畏怖。
　「自由」そのものとしての存在。
「物語」に見える過剰な空虚。
　島国から打ち寄せる波、
　　文字は消えない。
　消えない文字は「物語」を綴らない。
批判するのは簡単だ。
　　批判は正しいのだから。
「物語」の井戸から水を汲まざるをえない人々。
「人々」という語を抹消する今世紀。
　　　水は回りまわって批判者に達し、
誰が「作者」であるか分からない水分、
　　地層から染み出して。
だから宣言すればよい。
　「作者」は「おれ」だ、と。
悪夢が人を見返す
　　寒空が凍てつく
　　　頃合いを見計らって。
喪主になるのも一苦労なのだよ。

Ⅳ、白いフリーダムトレインがさらなる南を目指すなら

まずスーザンが「地下鉄道」を逆行する――ケチャップまみれの進軍（「人々」という概念の復権を、彼女は）――往復する電子データとしての天使――テネシーの草々――ミズーリの農園で雑巾を握るボギーに――ナロードニキどもの80年代――夢見る頃を過ぎても、紙を捨てて――ペン先鋭い記録者も顔を出すわけだ――湖の眠り――アラバマ行きを阻む虎――レンズ越しの指揮系統？――ごはんを食べよう

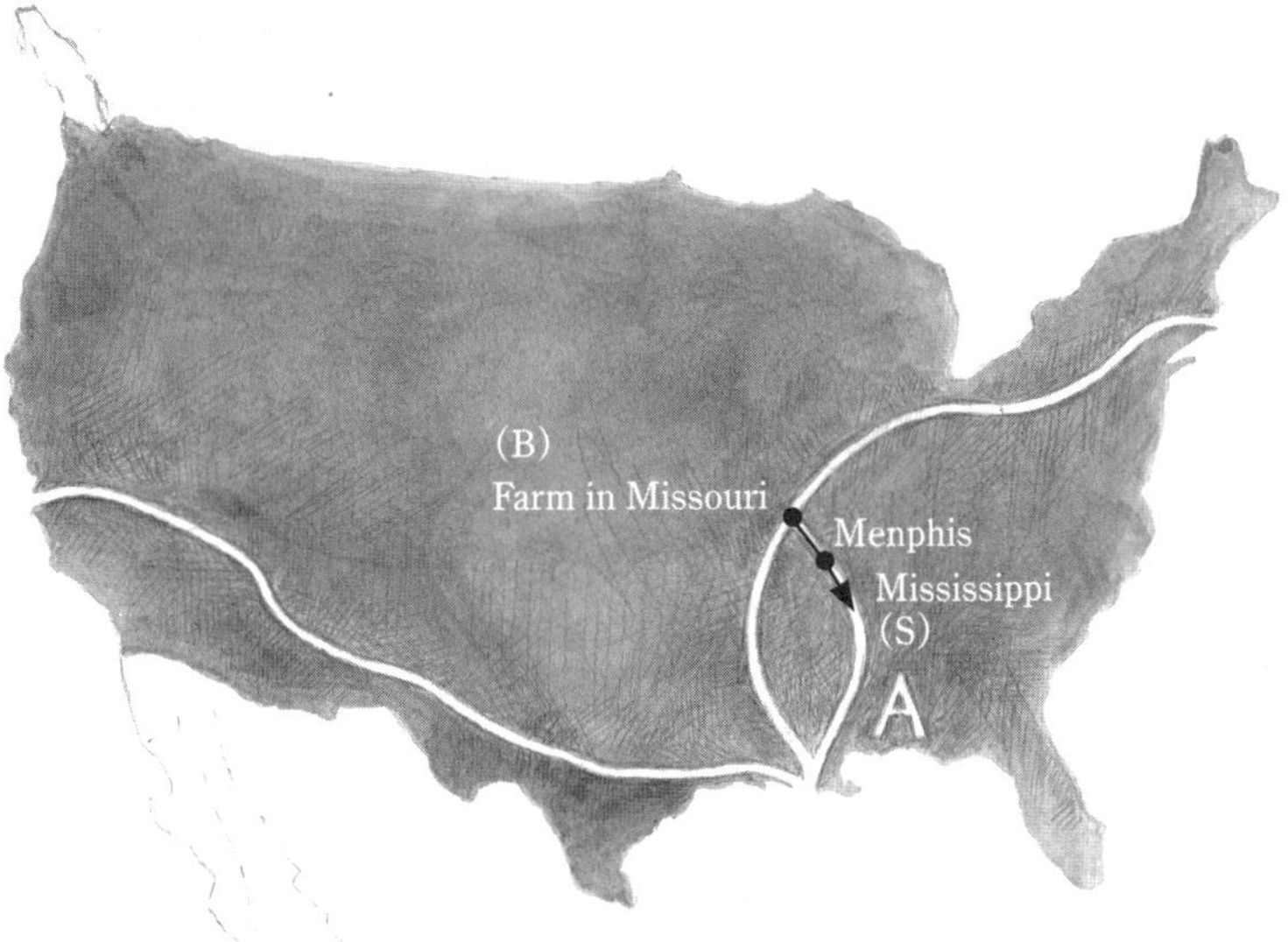

スーザンは深夜、そうして、農園を後にする。
　乱れた筆跡のような足跡
　　ミズーリからテネシーへの道のり。
「地下鉄道」の逆行。
　　　　　　河を渡らなければならない。
　　　開かない夜の安堵。
　使い古された「絶望」への抵抗だ。
　突き立てた中指を水に浸してみる

彼女は美しく、
　すれ違う人を見つけると
　眼の奥を凝視する。
　　　　　　鏡を見ているのではない。

眼の奥の奥の砂鉄
　　光を反射しない砂鉄。
　黒い眼、青い眼、黄色い眼。
鏡が不在の法律だ。
　丈の高い草に潜む我々全員を見つめる
　　　　まなざし
　背後から迫りくるまなざし。
　　　女一人で道を進む
ケチャップまみれの進軍。
　機動戦か、陣地戦か。
　　　　すれ違う男は
文字の連なりを組み立てて、

　前世紀の暗黒小説『ホワイト・ジャズ』
組み立てられない。
　　彼女の瞳より先に
ケチャップに汚れた裾を見つめる。
　あたしを初めて物色するのに、
　あたしがうまくハンバーガーを
食べられなかったことを知っている。
　　もはや神話化された市民警察の腐敗までが
「日常への憧憬」に転化するようでは
二つの踝も不揃いで平等な逆説で
　　うまく流れない、時間、ね、
　　流れるね。

町ごと河に流されてゆく町
河を渡る仕事だけが残されて
人間の輪郭を町と呼ぶには
早朝の裁判所は扉が閉ざされたままで

二〇一三年一月からの経過。
　高貴な追及者は当事者たちの「公明正大」な
　獣となり、
　　　　それはそれで、
　　よく冷えたコップに引き返す。
秋の氷の溶け方は緩慢で

書き続けることのくだらなさの
換喩として、粘り気がちょっぴり多い水となり、
左翼側の高貴な血統はむしろ「要約」の
無条件的受容へと転化したわけだ。
スーザンはテネシーの低くて
大きな乳房に「小さな秋の終わり」を
見つける。
くだらない話だわ。
「転形期の思考」が
紅葉に染まりすぎて黒くなる。
あめりかに左翼も右翼もいないわ。
いるのはくだらなくヒップな人々だけ。
彼らが吐き出す咳が螺旋状に降下する
コップの内部を
悪夢の形が「形」として認識される。
底がなくてもコップはコップで
確かに「貢献」は甘くて偉大だ。
かつて全てに意味はないと
楽天的に叫んだヒッピーの弟たちが
無意味な注視に
「意味」を拾い出すから、
歯車が回っていて、欠伸が出て、
今日は果たして何曜日かしら？
ボギー、ねえ聞こえる？

秋だというのに丈の高い草々が生い茂っているわ。
まるで煉獄に根付いた役立たずのチンピラが天使の後光を
求めるように生い茂っているわ。
ねえ、聞こえる？
天使はどこにもいないのよ。
それは救いなのよ。
天使は汚れた靴下をうつむいて洗っているものよ。

靴下を洗う天使はテネシーとミズーリを
逡巡しながら往復する。
メッセンジャー、テクノロジーとしての。
アアオレガカワリニセンタクイタデアラッテヤルサ、
オマエニソンナコトハサセタクナイ。
それがだめだって言うのじゃない、
とも呟かない天使、
天国に飽き飽きして草々に隠れる。
洗濯機の中の靴下、
青空を飛ぶ靴たち。
洗濯機はいつか止まる。
靴はいつか落下する。
町はいつか死産する。
にゃんにゃんにゃん。

靴が着地する予定ポイントは花が活けられる箇所。
ねえ、聞こえる？
誰かが言わなければならない。
ねえ、草の合間から、ねえ、聞こえる？
ウソダッテカマワナイ、オレハ。
二〇一七年の「ままごと」。
残酷な砂鉄のスタイル。

将来のこと。
幾人もの子供が雪のようにひらひら
舞い落ちてくる。
季節外れの棕櫚の葉が風に揺れている。
散乱した種子が地面から笑いかける。
幸福な夢。
平原を先駆けた雪を掌ですくい、
スパイのようにニタリとし、
ラジオのスイッチ、
オン。
荷物は背中で割れている。
そんなこんなで、州境、
世を拗ねた権力者が立てた伽藍。
そんな夢、この悪夢、
先に歩みを進めたテネシーから眺めると

ざらついた命令が聴こえた。
生活感に満ちた「お願い」をおくれ。
マッサージや料理の下拵え、毅然とした
下僕へ、つまりは愛撫で
たいした意味もなく酒を飲む。
意味のある酒なんてものあるの？
あるだろう。
そりゃ。
「罪障への口づけ」とは言わないまでも、
明日への酒、
昨日への酒、
酸化したメランコリー。
双頭の容疑者をもてなすバーテンダーの
ジッパーが少しだけ開いている。

赤い池を覗き込む、おまえ。その呼吸は漆黒の闇へと引き返す。先祖も子孫もおまえの池に閉じ込められたおまえ。先生、質問があります。「どうしたらドライ・マティーニはウェットになるのですか？」。袋に入った革命を輸出するおまえの校長先生は系統図を修正するのに超忙しい。

長いこと連絡を取っていない「おれ」の友人が
　レンズの向こうで息を殺している。
どうしようもない。
　　　　そうかもしれない。
酒の抜けないおまえの生徒は「なら殺してくれ」と
　今日は言わず、ラジオ体操程度の時間、
　　耐えていて
父親は天国で頭と腹を抱えている。
　メッセンジャーが到達できない領域で、
　　　そうともいえない
ミズーリとテネシー、結構な距離だ。
でも彼らは不思議なことに互いの所在がわかる。
　絶えず見つめられていること、
　　眼を塞がれたまま見つめていること。
どこかの飛び込み台から少年がプールに
　　飛び込む。
　彼が狂わないのなら彼らも狂っていない。

　雑巾を握る男に電波系のメッセージ、
「何を、どうやって、と、質問することもなく、
　　悔い改めなさいね」。
分かった。

雑巾に力を込めて
　かつて熱中した腕立て伏せの成果を悟る。
愚か者を乗せた貨車が運動場をぐるぐる回るとき、
　女が女を語るだろう。
　　デリケートな光沢を
　さしおいて、
　こんなことまで語ってしまう。
作家たちの「失敗の衝動」。
　男と女
　　女と女
悔い改める箱、まず。
まず彼らももう死に絶えて今は健康に働いているのだから
　　　輝かしいことだ。

繋げていく時間としての町
　繋げない空間としての町
　絶えていく、絶えていく。

寒い朝が嫌いだわ。
無機質なビルが建っていて
　　透明な回転扉を抜けると、気狂いが
「どうせなら幸せな愚か者とさせてくれ」と呟いている。
へえ、あたしは女と寝たことがあるの。
嘘かどうかは分からぬが、成立しない塔。

幸福なカボチャを秤にかける。
沈黙への誘惑が上下して
八〇年代すらも遠い昔となった。
社長補佐、茶坊主、スパイ、詩人、暗殺者、
患者、研究者、独裁者、乞食、そして貨車の運転士。
ちょっとしたマカロニ・ウェスタンだ。
不公平とも言えない箇所に幸せな欠落があり
自転車を焼きつけたテープ
腕が肩を失って光っている。

ボギーの侘しい武勇伝。
いや、むしろ今の方が可愛かったらどうするんですか？
沈黙を要求する王様どもへの短刀。
寂しいのかもしれない。
唐突に沈黙が破られたファミレスでは
トイレの入口から続くジェットコースターが
振幅を強めて
そろそろ止めてくれ、と、
今更ながら石鹼が粘つく。
それでいいのだ。
オナニーしなくなった。それしか変わってないわ。
オレハオマエノイヌニナリタイ。
忘れ去られる悔恨に塩がまぶされると

詩行が変哲ない文章に戻っていく。
檻の外がいつも見えているのに、
檻の外のことを何も知らないことに気づく。
知らなかった、か。
どっちでもいいことだけど
空の青さが独特で
忘れていた。
好きな女の子だけでなく
目をかけてくれる全ての皇族に
吐き捨てた
オレヲジゴクニオトシテクレ。
煉獄から振り返ると、一匹の野良犬。
「これから」のことを考えなければ
忘れてもいいのかもしれない。
皇族はさておき
素直になると詩が書けなくなる「おれ」、
そういうものなのだ。
素直になっても書ける詩
風の中だ！
封印するものとしての
とってもすすべした封印で
オレヲオマエノイヌニシテクレ。
己の誕生日を告げるのが下手な少年時代。

人の誕生日を覚えるのが得意だった青年時代。
ノートの最後のページが破られる時だ。

紙が青い空をひらひらと飛んでいく
　　翼から滲む軽いインクが燃料となって
　掻き回されて

紙を捨てる。その時でさえ絵を
描こうと誓った人には思い出す
べき一瞬がある。ポケットに柔
らかい手を突っ込んだ少年。慣
れない化粧を固い頬に施す少女。
道を歩いていてふと「おれは、
あたしは、適当でいいさ、よ」
と思ったのだ。夢見る頃過ぎて
もその不埒な清純さを抱きしめ
なければ。

　　　　　どうなるんだろう。
「おれ」はもう書かなくてよい
　読まなくてもよいとも思う
　　　綴り手としての労働者。
　生活を生活するだけでよいから
「おれを大作家に育てろ」と呟く必要も

　ぽっかり再び開いた穴に吸い込まれ、
野良犬の吐息にまで続く穴。
　傲岸で気高く、謙虚な野良犬。
でも、生き続けることを許された
　　　　感謝が溢れる穴。

ボギーとスーザンの物語。
それは、「おれ」と「あなた」の、
つまり、ボギーとスーザンの、
いいや、トムとメアリーの、
メリッサと現世の、
　札束と霊魂の
その間の虚空に散らばっている
　宙に浮いた自傷に勤しむ貝殻の往還運動を
一つずつ拾い上げるような
　　軽快な反復行為。

町を探さなければいけないわ。
新しい町をかい。
新しい町でも古い町でも
湖の眠りを覚ます町を
湖はミシガン以来見てないな。
何も分かっていないわ、
全ての風が通る湖。
アラバマに湖はないぜ。

ならばアラバマの型をした湖なのよ。
ふーん。

メンフィスの酒場。
　彼女のハッスルに中年男が話しかける。
　横のスツール、シルクハットのおっさん、
なるほどおれは人でないかもしれん。
　　とある深い事情により猫にされてしまってな。
が、おれが本当は犬であることを理解する女が現れた。
　　感謝で涙が出る。
人間への道、言葉を失っていく道のり。

　　風が体温を計っている。
犬が男であってはならないのか？
　犬が人より男であってはならないのか？
野良犬、忠犬、血統書付きの雑種。
生きる歓びが蘇るとともに書く喜びも再生する。
　小説、詩、批評、
一つの業務報告書であり、
　役場へと投げ捨てる証明書だ。
がさつな「おれ」もハンカチを胸にしまう。
　　　　　分からない。
分からない。

　その心は軽やかだ。
明滅する光。
　自殺しない強さ
　自殺しない弱さ。
　双頭の犬
　　善悪の彼岸へ、
向から意志は「よいこと」に包まれて。

ジサツシナクテヨカッタ。
ナニガマチカマエテイルノ？
ジサツシナクテヨカッタ。
ダッテアサマデイタクナルデショ。
混じりけなしの本当の言葉だったと思うぜ。
少しは方便だったしても。
ツカイフルシタセリフナノカイ？
白い光輪は今日を境に増える一方だ。

　低い天井から垂れさがるセロハンテープ、
　ある関係が刻印されている。
テープの光沢に光る　息子のようなおれ。
　　だが、束の間だ、それは。
　追いつかれる刹那が
　　無表情な出口。
それをもって交差する平行線と呼ぶのだ。

世間の合唱。
カエレ、カエレ、カエレ。
赤線へやはり向かえと深爪した陰謀。
同じ陰謀なら桃色に限る。
おれの番だ、それを愛じゃないと呟くのは。

大丈夫、
繰り返し。
追い抜かれるとおまえは娘のようにすら感じることになる。
太陽と月が描かれた軍配。
全てを許そう。
そのメッキの紋様に。
日々の散文的なジョギングが照らし出される。

ただただ任せればいいのだ。
つむじ風が吹く。

メンフィスをとっくに後にして、
スーザンは安息の地、ミシシッピに入る。
うかうか男に言い寄られている場合じゃない。
けれども、アラバマとの州境に
虎が「壁」を作っていることに気づき
糸電話、ボギーに報告するわけだ。

糸が描き続ける線
直線でも曲線でもなく、
交差を求める。

彼はミズーリに残ったまま掃除に励み。
例の死支度を菜種油で揚げてみせる。
カチンカチだよ。
やっと「からくり」にも気づく。
高跳び、あるいは、かがんだネクタイ。
だってそうだろうが。
海向こうの「同胞」も手を差し伸ばさない、
そこをクリアしないと。
突然の叫び。
「隠れ支援者」がいたとしても。
ああ、
コールドプレイなる薬を飲まされた過去。

初日に降ってきた笑顔。
テクノロジーを駆使する現代的なコロッセオ。
あまりにも政治家的な、牙。

人道的で獰猛な観客たち

掲げた右手をしまわない。
　東洋の文化的な若仙人。
　　戦わなければならない。

ボギーは腰をさすりながらミシシッピで軍議を開くことだろう。

オレニメイレイヲアタエルショウグンハ、
キバヲモツメスノトラデナク、
モモヲホオバルオマエダ。
タタカウノハイヤダワ。
オマエガタケダケシクブジョクサレテモカイ。

英知の蜜。
　悪口を慎む微笑。
犬が飼いならす虎、
　犬の指に挟まらないペン。

与えられるためのプラットホーム、
　「額に汗して働く楊貴妃」の東洋的英知。
　どこで学び
　どこで買い
　いくらで買い
　何を抵当に入れたのか。

すると「人々」が虎を茂みに配置する。
　「人々」の「善意」は「残酷」だ。
自由を求めること、檻の外に出ようとする勇気。
　執着心の薄い、賢い女。
　　ドミノ倒し式に深みに落ちるチーズ。
コック、門番、用心棒、子供、ジゴロ、チンピラ、
　とにかく、かまわない。
簡単に口にしてはならないこと。

V、跋を幻の影において

ミシシッピとアラバマの州境——一族再会——悲歌を軽快な口笛で

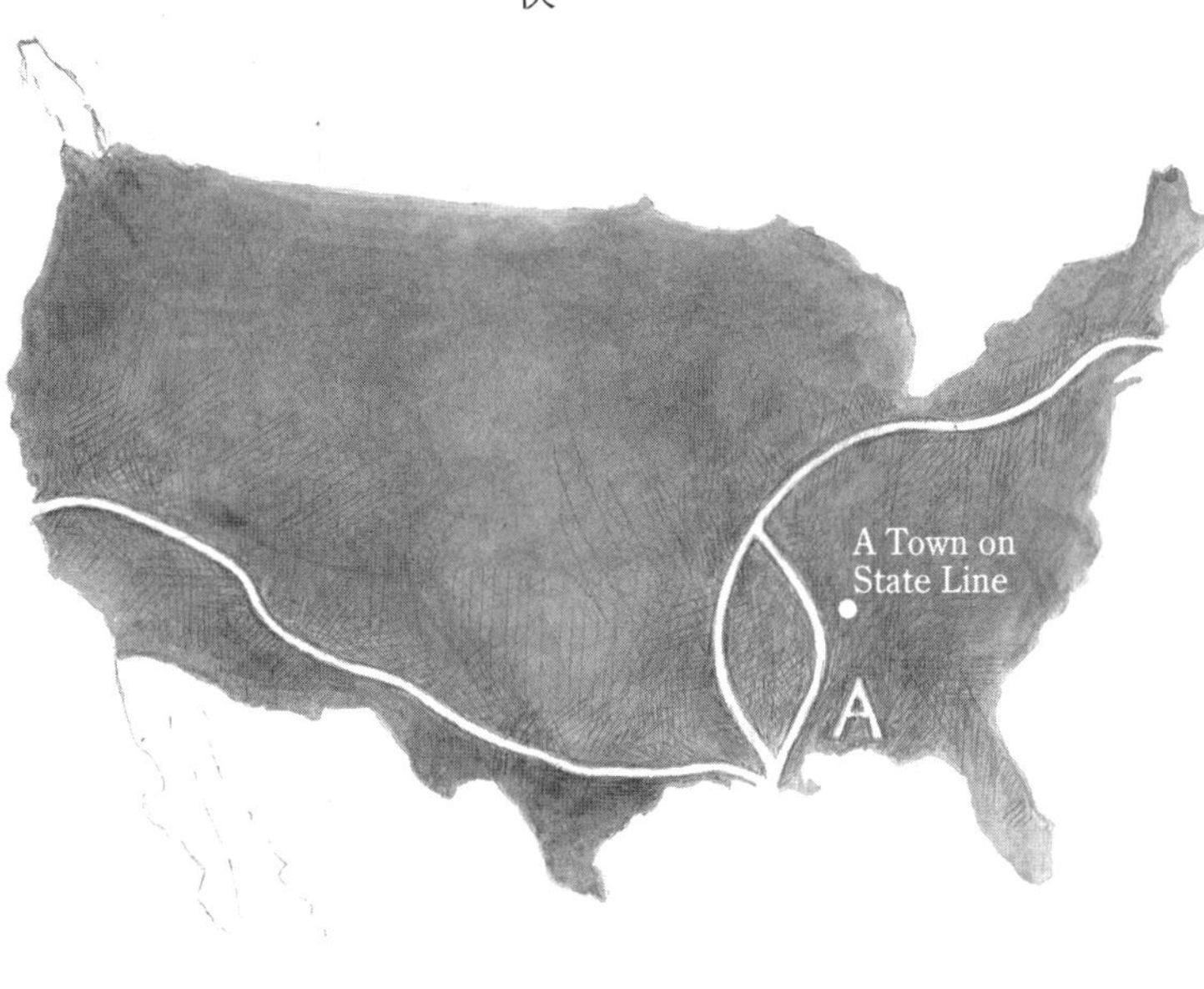

例えば十九世紀ロシア小説ならばこんなタイミングで自然描写が入るものだ。凍える糸杉、硬直した犬釘、絡みつく蔓。二十世紀中葉のイタリア映画なら唐突なセックスを挿入してみせるだろう。だが、今は二十一世紀、用意周到かつ大胆に行おう。「おれ」が夢見るテーマパーク。亡霊たちのテーマパーク。すなわち、ミシシッピとアラバマの州境に商業的亡霊屋敷の残骸で、ひび割れた合わせ鏡に鉄骨が突き刺さっているのだ。床を剝ぎ取った屋敷の残骸に影を落とす鉄骨に影を落とすのは滑り台として使用されていたスロープで、今ではその上に乗せられた台状の容器から草々が生い茂っている。草は日光に向かって伸びる。日光に向かって伸びきれなかった草は垂れさがって剝き出しの赤茶けた地面と接合している。接合点に鉄骨とスロープがさらなる影を落としている。かつて「人々」はここへ来て「脅かす人」と「脅かされる人」の二チームを作ったものだ。人口一万程度の町で職業的亡霊たちだけでは屋敷の運営が十全に行われえなかったのだろう。彼らは安っぽい亡霊、というか、安っぽい亡霊の使者たちとなり、近しい死者を呼び覚ますべく仮面をかぶり、パステルカラーに塗装された棺を運んだ。亡霊となるべく仮面をかぶるのか、亡霊を召喚するために仮面をかぶるのか、その鈍い問いを紐で杜撰に結わえた。ある者は紐の結び方が杜撰すぎて後頭部で蝶ではなく芋虫が踊っていた。それで笑顔だった。昼のケチャップを拭いながら仮面の下で笑顔だった。町では出来立てのロックンロールと出来損ないの讃美歌が緩やかに「人々」の口笛の中で共存していて、レコードを買いに行くにも車で一時間かかるようなその町では、老若男女が同じような服を着て、同じようなベルトのバックルを締めあげ、同じようなカールをコテで作り、もちろん黒人たちは男も女も毛髪を直毛にするのに必死だったけれども、要するに、そんな時代だった。何にもない田舎町だから、脅かすのも脅かされるのもシンプルだった。「脅かす人」は板と板が象る暗闇に潜み、仮面を足元にのぞかせ、声を荒げて、目の前を動く裾を引っ張った。老若男女、嬉々として荒げた声はなぜか暗闇の中で悲しい絶叫と化した。「脅かされる人」も嬉々として悲鳴をあげた。本当に脅かされたかどうかは分からない。それでも、悲鳴は迫真の音声を目指した。一致団結して音声は迫真の演技を目指したのだ。人工的な暗闇で響く演技的な絶叫と悲鳴。それは健全な家庭に守られた若者たちにすら出立を思い出させた。物心ついたばかりの子供たちにすら懐かしい気持ちで出立を思い起こさせた。いつか来るべき、いいや、一生訪れないかもしれない出立を懐古させたのだ。一回一回の一家団欒に少しずつの「長いお別れ」が潜んでいる、食物が胃袋に収まると「長いお別れ」の透明な破片が代わりに皿に盛りつけられている、と感じるような若年寄ならば、本当に老いた喫煙中毒者に一本一本のタバコが「緩やかな出立」を燻らせていることを恫喝的に諭すだろうが、あいにくこの田舎町にそのような東洋的若年性痴呆症患者はいない。けれども、この商業的亡霊屋敷は町の「人々」に演技的な出立、つまり、出立の本質を、本質的な出立を、安らかに詳らかに感知させたのだ。ハイスクールを出て東部の会社に就職し、トラック運転手となる若者。出立の朝、ドアを開けたところで振り返って母親と抱き合おうとすると、生身の自分の手足が動く前に自分の残像が母親と抱き合っているのが見えてしまい、驚愕し、慌てて母親と強く抱き合い、その驚愕をすら抱きしめて、砕き、安息を感じてしまう「脅かされる人」だってこの町にはいることだろう。黒人と恋に落ちて北部に逃げようとする不良少女。彼女は黒人との愛を禁じるこの町を憎んでいるが、駆け落ちの段取りをヒソヒソ話で行う際には茂みのさらに向こうで愛撫に興じる白人カップルたちの凡庸な愛に既に羨望を感じ、木切れでも投げつけてやろうとするわけであるが、そんな彼女は両親の顔をしげしげと眺めながら「こんな卵臭いベーコンをそんなロ一杯頬張って、大丈夫?」と呟きながら自分が占めるポジションが空席となっている明日の食卓に脅迫まがいの冷気を先取りしている。上空からその演劇的にも物悲しい光景を冷静に凝視する我々は「脅かす人」として町に組み入れられていてもいいのかもしれない。冬になると出稼ぎに出る父親たち。その中のとりわけ鈍感で善良な一人は子供たちの額をなでつけてから、さっと車に乗り込み、アトランタの路地裏で買う黒人女の息の匂いを想像し、そんな自分を次のガスステーションのトイレの鏡で眺めると興奮した孤独な一人の男の愚鈍さが映っているだろうことを予期するのだが、実際に下の方にドクター・ペッパーのロゴがプリントされた鏡の前に立つと何も映っていない。何一つ映っていない。そんな空白を「悲劇を拒む意志が悲劇的になってゆく過程」で埋めるのはギリシャ起源の知性と呼ばれるシロモノの勝手だが、そこに「脅かす人」と「脅かされる人」の中間領域を見つけることは絶対的に禁止されている。この町の掟だ。そうだ、全ての家族の別れは束の間。それが掟で、キャー、キャー、キャー、キャー、という満足感溢れる嗚咽で繋がれて。大きくて屋根のない亡霊屋敷で繋がれているのだ。明滅する何物かに繋がれているのだ。暗闇の中で互いの顔を見ることもなく、裾を引っ張った人、引っ張られて転びそうになった人、その双方は木霊する演技的悲鳴が明滅する瞬間、キャー、家族写真を撮影されていた。商業的亡霊屋敷で刹那、繋がれた彼らが家族ではないと主張するのであれば、悲鳴がフラッシュを焚き記念写真が撮られたと考えればよい。「人々」は同じ場所で同じ人とずっと居続けても、生活を生活し続けても、出立し続け、別れ続けている。商業的亡霊屋敷は経営難とは裏腹に「人々」に奇妙な幸福感を与え続けた。誰しもが寂しがり、誰しもがほっこりしたのだ。やがて黒人たちが髪を直毛にすることに拘泥しなくなり、ファンキーなその一部がアフロヘアーで町を闊歩し始める頃、すなわち全盛期の亡霊屋敷で悲鳴を嬉々としてあげた少年少女が立派な成人になろうとする頃、旧南部の「大家族の幻想」が瓦解したように急速にその隆盛を収束するに至ったが、「人々」の幸福な記憶には刻まれ続け、その残骸は現在進行形の廃墟として保存された。愛人を二人抱えるやり手の不動産屋ジェイ・レイバーですらその残骸に手をつけようとしなかったのだから。そして、不思議なことにだ、「人々」はこの亡霊屋敷の残骸に一年に一度は儀式のように向かった。かつて裾を引っ張った人と、かつて裾を引っ張られた人が、錆びていく鉄骨を背に光輝く南部の白い日光を浴びて互いの顔をじっと見つめる。そこには初めて見る顔がいつもあるのだ。かつての「脅かす人」と「脅かされる人」がペアを組み、どこまでも白い光の中、互いの顔の隅々まで直視すると、よく知った顔が初めて出会う顔へと変形していく。もう仮面をつけなくてもよい。懐かしい顔に初めて見る懐かしからぬ驚愕が彼らを互いに静かな畏怖へと包むのだから。一族再会。あの不良少女が再び父親と食卓につき「あたし、この十五年、ベーコンを食べてなかったの」と打ち明けるようなものだ。離婚していた夫婦がなぜか同じ植木屋で鉢合わせるようなさりげなさで、あの黒人青年があの白人家庭にふざけた挨拶をかましにいくようなものだ。そればかりでない。亡霊屋敷営業時を知ることのないうら若い男と女までがその儀式に参加するようになる。パワースポットと呼んでくれたってかまわない。彼らは裾を引っ張ったり引っ張られたりした過去がないわけだから、禍々しい吸血鬼の被り物などを装い、後れを取り戻そうとして、相手の仮面の奥の瞳を覗き込み仮面の奥で爽やかな微笑を浮かべる。もう仮面をつける必要などどこにもないのにだ。縁を繋ぎにやってきた。彼らだって一族再会。経験しているのだろう。彼らの場合、どちらが脅したのか、脅されたのか？ それはどうでもよくて、亡霊屋敷が本当に成功を収めた証は彼らがシーツに撒き散らす人間の種にこそ宿っている。毎日眺めている顔に途方もない新鮮さを探し当てること、初めて眺める顔に途方もない懐かしさを。商業的亡霊屋敷の残骸がこうして一族を結ぶならば、ピサの斜塔の中に幽閉された狂人も心を取り戻し、ありとあらゆる悲歌が歌い手から虚空に離れて、楽し気。

Ⅵ、ミシシッピ

ボギーがスーザンを追って――帯刀を許された小人たち――歴史を遡行しない怠惰さが歴史を進める動力となることもある――典雅――スポーツジムに行ってみることも一興です――船がボストン茶会を貫通し――アラバマに還らない理由――ワイオミング・ブルース（亡霊と布教）――人類の時代、動物化する人類

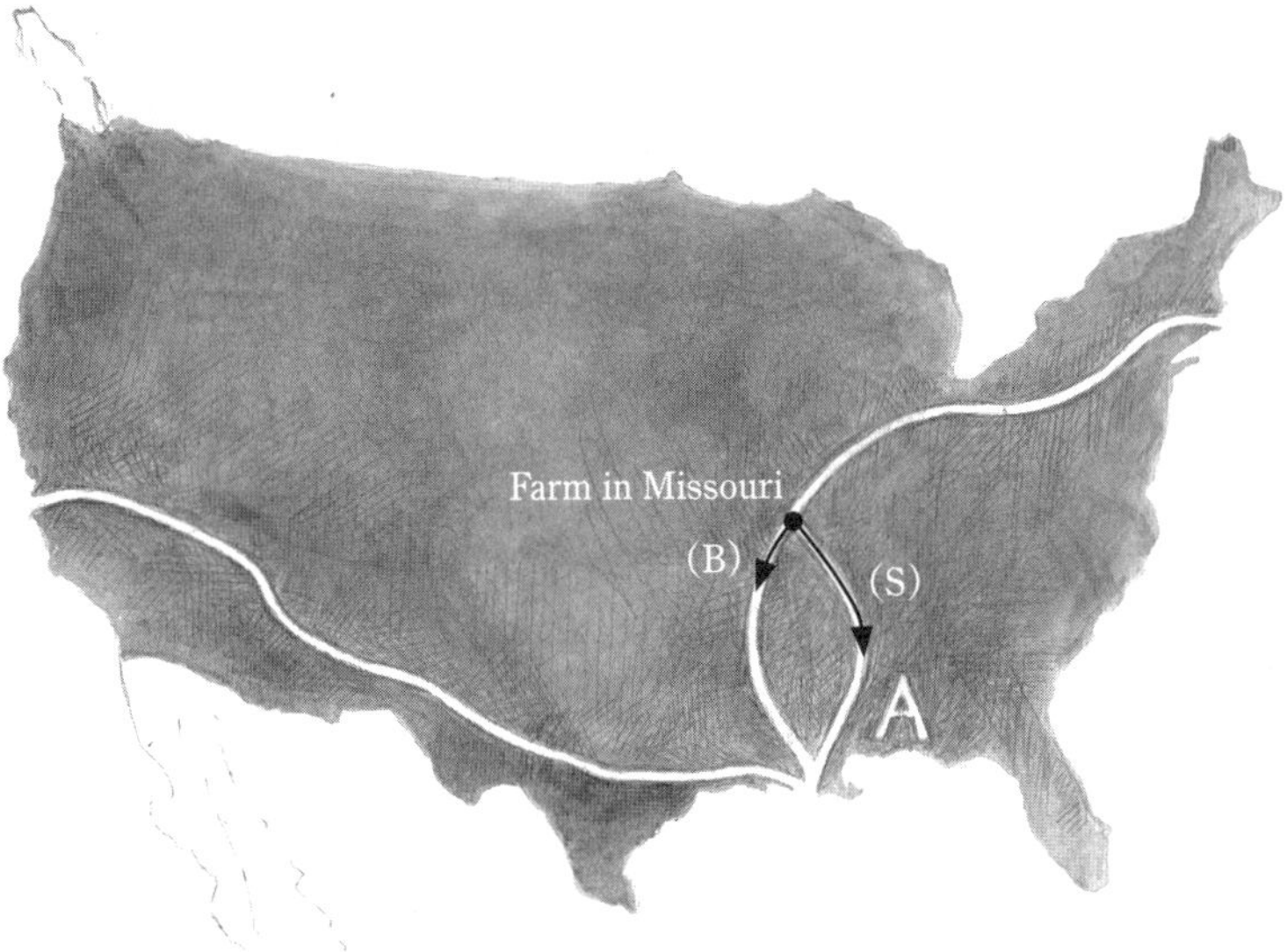

ミシシッピへの道。
スーザンを追う道。
唯一はっきりと解読できた希望。
空に浮かんだ種、
それを育むための「舗装された下道」。
じっくり進む。
恥辱。
踏みしめて、信用がついていくる。

禁煙、ジョギング、ダイエット。
苦手とする「気遣い」
まあ「苦行」ではない。
波の中に悔いが浮き出て、上下している。

ミシシッピの波?
そうだ、次の夏、白い綿花がどこまでも覆う平原
湿度の利子が波打っているはずだ。

だから言った通りだろう。
言う事を聞かないのはボギーだけじゃない。
けど、彼女、
反抗や抵抗しているわけじゃなくて、
成熟しているかもしれなくて、
モーテルのクローゼットは

「大航海時代」へのドアになっていて、
プチプチ、と
岬の開墾碑を一つ一つ押し殺していく。

オウンゴール的に命を与えた
「おれ」がニアミスした幾千の女たち。
巡回中の殺人。
彼女たちの横顔から
一つの大きな言霊が、普請中の青い門を
くぐって怨念を込める。
あんな楽しそうな顔ったら初めて見たもん!
畢竟、山師が山を下りる季節なのだ。

橋を造る職人もこちらに挨拶している。
悲劇を拒む意志が喜劇的に
掌を振っている。

互いの未熟さを埋め合わせる夢。
調子がよすぎるブランコから表通りへ飛び出すと
パスタの
大食い大会、
獰猛で勤勉な小人たちが頑張っている。
帯刀を許された小人たち、
彼らのピアスはCとG、

あるいはチョコレートと
球体。
それが狭くて暖かな客室であったとしても。
小屋の庇から垂れるセロハンテープ、
子供たちが呪文を読んでいる。
アサ、ウミ、ヤマ。
いずれにしても出立しよう。
青白い翻訳。
誰のためにも鐘はならない。
誰のためにも鐘はなるから。
スーザンは片耳を多幸な貝殻で塞いでいる。
町の両耳は激しい息遣いに穴を大きくしている。
ドストエフスキーのミーチャ、
コッポラのソニー、
バクマツタイヨウデンのフランク。
彼ら典雅な荒くれ者は鮮やかだった。
鮮やかに口を開き、
縁石に座り、
数字の十を指を折って数え
目をかっと見開き

鮮やかに愛した。
我らがボギーはスーザンに追いついたようだ。
穏やかな縄跳び、
典雅な魂、荒ぶる魂。
アラバマに行きたがったが、
おまえと生きることの方が最優先だ。
あの虎が作った「壁」への回避。
叔母さんのお墓はどうするの?
おれが叔母さんのもとに馳せ参じなくても、
彼女の方からつきまとってくるだろうさ。
かくして亡霊女戦士は優しくて気遣いのあふれた女ストーカーとなる。
味方であり、
おれは約束の地、
ミシシッピでジムにしばらく通う。
優待券。
ジムでどうやって戦うの?
まずトレッドミルで汗をかきながら大きな怒声で優しく歌う。
太腿を大きくしながら周囲を睥睨して号令を下す。
どんな号令?
典雅と荒くれが結ばれるには可愛さが必要なのだ、と。
どうしてそこまで穏やかなの?
不当な手段でおまえに近づいたからだ。
許してはならない。

おれをコケにしたからだ。
あたしが、許してあげて、って言ったら？
おまえの前では笑顔を浮かべて、
おまえが瞬きした瞬間に。
悪い人！
そうだろうか？
おれはおまえに漂白されていくのだ。
本当に善良になっていくの？
その通りだ。
善良なのに人と荒ぶるの？
抗い方が今までと違う。
銃を持った農園主どもに押しつぶされんとするとき銃を取らねばならん。
そんな古典的な動機が今までのものだ。
これからは？
おまえだけを考えるんだよ。
でも暴れている。
けど、実は答えを持っていない。
答えなんて所有してはいけない。
所有してよいのは体の先端のピクピクだけだ。
答えは青い空に浮かんでいるのだろうか。
この冬の澄んだ青空に。
また訳分からないことを言っているわ。
その通りだ。
ならば簡単に言おう。

おれは戦う。
愛をもってして。
それで、一体、誰と戦っているの？
言えないじゃないか、それは。
言ったらどうなるの？
おれには失うものがない。
お互いの全てが消えてなくなるまで、道端で、ジムで、暴れる。
典雅に暴れるの？
どうやって？
「リアルに死ぬ」ってことがどういうものか、
それが分かるまでおれが教育してやる。

　　　クルクル回るパラソル、
　　　　二人の間に「自問自答」が潜まない。
　　「テスト」と「実験」に署名だけ済ませ、
紙の上でスケートをしては
　　「何もない」中州にまでは到着してしまっている。
　　　　　　　　会議が踊り、
　　　子供が生産される。
　　　　　無産者の気高さ、
左右を越えて、
　　　　　「貢献」する。

トレッドミルの上を行進する。
　窓の向こうに二人の姿が映り込んでいる。
それを透かすように、あばら家から垂れた複数形の花。
　スペースカウボーイになるには
　　もう三十年かかる予定。
だから、不器用なビートを折り畳んで
　　　洞窟型の水筒に仕込むわけだ。
花々の下、台車が「人々」を運んでいく。
　　確認しよう。
　「人々」なる概念は死に絶えた。

隣で行進するプエルトリコ人に口笛を吹くと
「物語が破綻しているのではなく、
　破綻そのものが物語の中核にあるのだから」と
意味不明な挨拶を返される。
　　ボギーがスーザンをもう三十年、
追い回すとしても、
　　もう既に追いついてしまっている、
ということだろうか。
　　　　　　大丈夫、
それでいいのだ。
聡明なレギンス、
　「魔王」を追い払った彼女。

　　　敵など存在しなかったこと。
　　　　本当かい？
ねえ、あたしをいつか釣りに連れて行ってくれない？
　　　　ピンク色の溜息。
　　　ミミズ、
　　　　　タニシ、
　　　釣り針。
触れてはいけない答え。
　　　愛しくない人間
　　　　車で送り届ける。
坂道を上り、交差点で一旦停止、
　　車体を傾けて。
　ポーチに揺れる幸せなブランコ。

青い光が急旋回で回って、年度の船が中州を貫通し、夜の闇が砂から滲み出て、おまえの耳を塞ぐあの貝殻が粒子を撒き散らして、歌声が車軸を傾いた放物線に歪め、そう、あの斜塔の中で善をなす肉体が自由を空に描き、男と女が佇み、新しい服がかかる枝が凛々としていて。

冬のサザンカンフォート。
「南部の慰安」に耳を澄ませると、
配線越しの夕陽が少しばかりネジを巻きなおされ。
ボストン茶会の記憶がはっきり思い出されることもなく彼らのこめかみを貫通している。
海に漂う茶葉、
海に漂う茶坊主。
漆黒の夜。
思い出すこともなく思い出す、とは？
青い把手のついた魂を
中州に置いて
川のせせらぎに耳を澄ます。
そんなことをしている場合ではないのに、
流れに踝を浸しながらパンをかじる。
裁判官、睡眠中。
午前になると光を放つ車輪から、
一本一本の車軸がそれぞれの方角を指し示す。
東西南北、
それぞれの芳醇な台地。

つまり、彼らはあの河を台車で渡ろうとしているのか？
ボートではなく。
河口の位置から少しずつシフトする
日曜日のような月曜日、
労働への意志、煮沸、
幸運とともに右手と右足が同時に動く移動の仕方をする。
流れの中には斜面の断片が潜んでいて、
滑り落ちると表現力の低下が細胞の隙間に沁み込んでくる。
かまわない。
アラバマへ向かわなかった理由。
洗濯機に投げ入れられた理由。
電線の上のカラス、
洗濯機のドラムが回転するのを凝視している。
それでは、
「おれ」は何をするともなく退屈な哲学に勤しんでいるというのか。
人間競馬、
あるいは、
馬を担いだマラソンのゴールが
確定したというのに、
これから申告する部屋の間取りが変形する「おれ」という「おれ」を
苛ますのだろう。
荒ぶる踝が痛む踵を忘れていて、

ボギーにも友人がいる。
知ろうとする彼女は、
結婚生活の敷居で踏ん張っているアンドルーや
医術にブラジリアン柔術を得意げに混ぜている
トロイの話を咀嚼する。
春が爛熟する原色の季節には
挿入が革命であるならば、架橋とは債権だ。
揺れるように設計された欄干だよ。
味がついた振り子が今度は左右に揺れながら
舌の上で溶けていくのだから。
例えば貧しいザッハトルテ。
おまえは貧困の味を知っているのかい？
知るべくもない放蕩、勤労、道程。
不幸なピクルスを瓶に詰める時、
物が書ける。
これではいけない。
諸君、ボギーとスーザンがあの中州から対岸を目指さなければならない
ように、
「おれ」はこの密閉された高い峠を越えなければならない。
亡霊メリッサの再召喚、

ここで。
このタイミングで。
彼女はまだ嫉妬に喘いでいる
喘息患者のように。
おそらく我々が訪れることもないワイオミングの空き地、
草ぼうぼうの空き地、
少年が嫉妬の意味について考えている。
亡霊がブルースを少年に教えなければ。
南部で学んだブルースの楽しみ方を。
どうすれば指輪を買い求める
卑怯な恋人たちがブルースを楽しめるのか。
ボギーとスーザンの仕事ではない。
それぞれの仕事。
それぞれの任務。
ああ、峠の喫茶店に咲く
鄙びたアネモネよ、
コンピューター仕掛けの「割り当て」の
不思議を想いたまえ。
ロマン派的ロマンが現実する
画素の連続の最中、
種子が太陽を希求しているのだから。
断固たる回転で「人類の時代」を貫徹したまえ。

でも、バッジを外した警察官が任務に留まろうとする。
個人的に。
婚約を済ませた男がブルースを口ずさむような
悲しい歌詞を愉し気に塗り替える調子。
論文を書いて欲しいの。
出会った場所を寂しげに眺めている。
希望と再生。
任務遂行への崖が崩れる。

で、闇に光る動物の瞳孔。
そこからのビームを受けて恥ずかしがらない
あつかましい裸を晒す男と女。
その動物を中間に据えて、さあ、
裾を強情に振って進みゆく。
動物の鼓動、
ジャングルの太鼓として。
「動物化」した甘い三脚。
跨るレンズ。
食物の在処を知らせる煙、
ジャングルの合間にも。

Ⅶ、約束の地をあとに、空を割る伝達管（光の要綱）

河を渡れなかった――光の要綱――ナポレオンと南部――
逃亡奴隷の王国――古都ジャクソン、ミシシッピ左岸――ケイ
ティー・ペリーの方が歌が上手い――ニュー・オーリンズで落ち
合おう

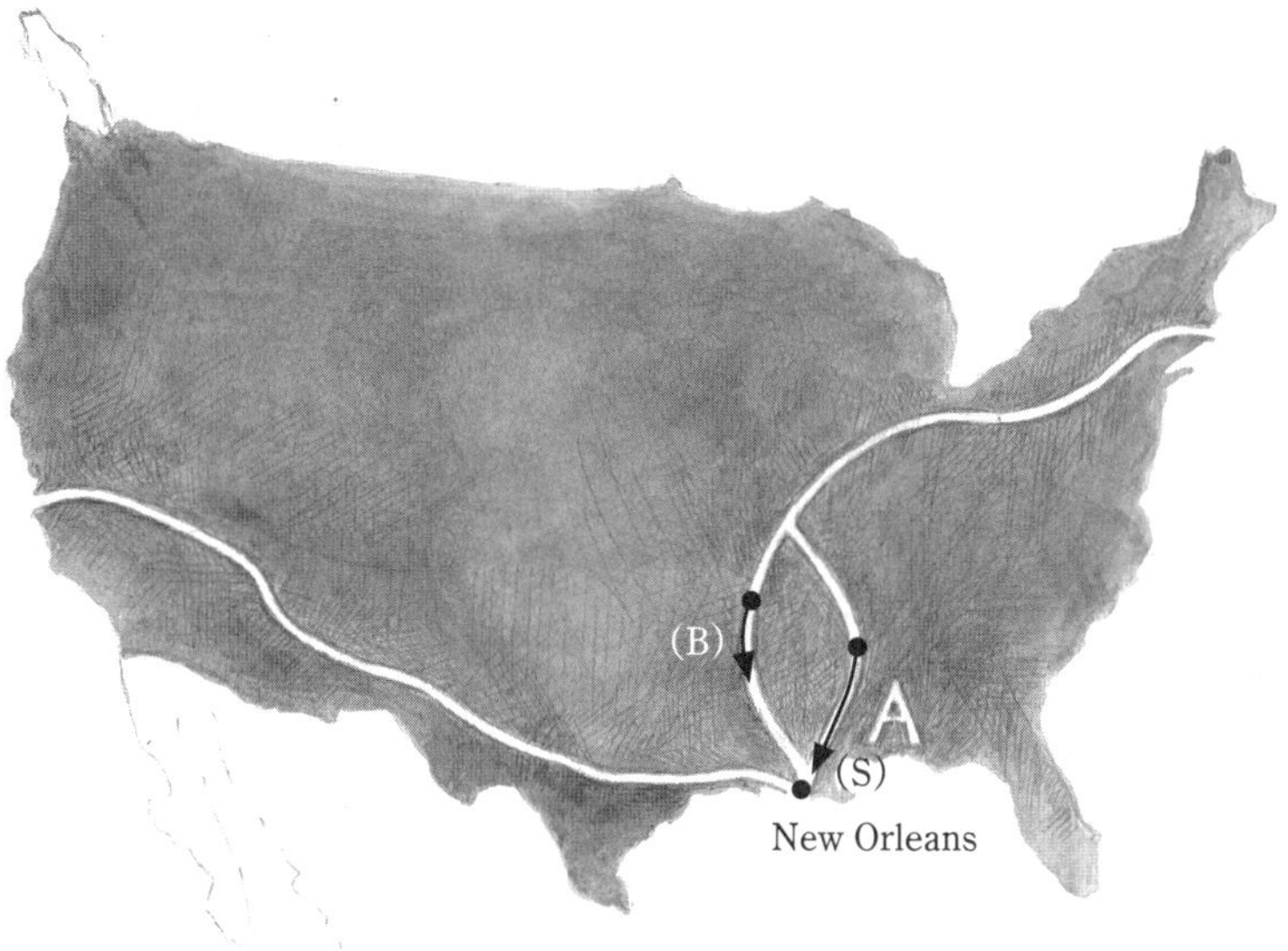

確かに。
河をまたしても渡れなかった。
面目ない。
ボギーはアメリカンスピリットを吸っている。
彼はとりあえず船でミシシッピ河を渡る。
再びの別行動だ。
骨と名前が詰まったアラバマ、
船が家だった新古典時代に背を向けて、
アーカンソー。
南下の先にはマルディグラの終わった
ニュー・オーリンズ。
でも今回は違う。
スーザンは時間差で河を船で渡る、と
誓ってくれている。
だから、あなた、適当な大きさの河を見つけなければならないわ。
どこに?
ルイジアナからテキサス方面
宿命狂いと世間知らずの間にだ。
風が集まっている
吹き抜ける前に
あのどこにもない湖に。
参考書の余白に
文字が滲み、浮かび
彼女は河のことをもう考えていない。
家を考えているのだ。
カリフォルニアの怠惰な陽光。
河の上を動く彼を見送りながら
鉛筆を握りしめて
悲劇を拒む意志も悲劇的であるならば
人生とは人間のものではないが
それも、ちょーいいことだ。

光の要綱。
　もう何年も忘れていた類の陽光。
申し訳ないが申し訳ないと思わないわ。
　間取り図に潜む月の破片。
　　物置として機能しない
　　　書斎の玉座となる。
幸せなのだろうか、と
　　自問する幸せが
　その破片を繫ぎ合わせ
「平民的」な椅子が、ほーら、
　　出来上がった。
テントの中で注射針を腕に当てるインディアンが
チンギスハンの従妹なのであれば、
　その椅子に座ることになるあの男は
食器に顔を沈めて眠りこけるナポレオン五世にもなれるだろう。
　　冬、寒い。

光の粒子が吸い込まれていく
青白い食卓を滑る権力が、
その図面を忘れている。

丘に獣道をつけた動物たちを追って、
ベルを刻む振幅に変化が訪れる。
捕らえた時のためのベル。
日常に潜む恐怖が男を独白させる。
独白の中の多幸感、呆けた梯子を上る。
男が上を見上げるたび、
どこかでシーツが燃えていて。

よお、「おれ」が民主主義的なすべすべした書き物机に向かうとき
淫乱な煉獄が落とし穴を作って、
役人どもが運転する車がエンストして、
まっすぐだった糸杉までも中国の老人のようにひん曲がり、
娘殺しを望む母親がドーナツを笑いながら頬張るとしたら、
取付予定の天板を暖炉にくべるべきか？

彼女が羽織るコート。
あのポケットにも落とし穴が開いていたのか。
手を突っ込まなかったから分からない。
鍵が落ち放題なのか。
いいだろうさ。

今まさに落ちようとする容疑者に
その鍵を渡し、恩赦、世間に出してやる。

そんな戯言はどうでもいいけど、
病気を治してくれてありがとう。
あの怠惰な陽光が「ここ」にもコピーされて、
平行線が地面と交わり
長いような短いような生命線、
ヘイ、いかさま老人ジェイ・レイバー二世、
森の立体感を醸し出しているぜ。
アーカンソー、ビールを一杯だけ飲む。
締切りを過ぎた「中年の青春」が発酵して、
戒厳令がバーに敷かれる。

バーなる植民地、
話題が変わりすぎたかもしれない。
ハンカチを雑に畳む「おれ」も澄んだ
冬の空気の中で反省する。
けれどもボギーたち、「変わりすぎ」に似つかわしい
急展開の移動中。
人道的な戒厳令までもが愛撫を求め、
グラスがぶつかりあう音声。
逃亡奴隷たちがかつて深い森に作った
王国を夢想として、

善意の流刑地。
　二十一世紀版は移動式だ。
善良な汗がシャツの窪みにしみを作り、そう、
移動してくのは時間だけだから。
ボールを垂直に投げてはキャッチする動作、
丘の向こうに必ず次の町を探し出すからだ。
町の灯りの意味を知り、
彼女の脇の窪みも照らし出される。

スーザン、ミシシッピ左岸からニュー・オーリンズを目指す。
　ジャクソンのタイ料理屋でパッタイを注文、
　　禅僧とTシャツ。
　ブッダは生きることの無常を説いたけど、
　　あたし、二人でも孤独だわ。

一組の骸骨が手を取り合って歩くの、
見ているんだもの。
それはカルマのようなものだわ。
人生は亡霊屋敷に眠る御伽噺ではない。
初めて会った人の白骨が透けて見える。
愛しく思う。
突然変異、
自分も骸骨だけになっていることが分かる。

どこかのドレッドヘアーの歌手の歌詞みたいだけど、
そうなんだわ。
とっても無常。
あたしを書き換えて。
いいさ。
幾多のスーザンの横顔にあたしをかぶせて。
ああ。

　　タイのウイスキー。
モルトなのかトウモロコシなのか
　妙な薬なのかも分からない。
ビールに戻って海老を胃袋に流し込む。
　会計をして、通りから振り返ると、
時間を切り取っている四角形の影が際立つ。
　蝶番が動いている。
ジャクソンは古都だ。
　エジプトより古いのだ、きっと。
胃袋が温まって、もう一杯欲しがっている。

少しだけ哲学すると、赤い襟を散文的に
　　立ててバランスをとる。
「おれ」の正体、
　　何通りの組み合わせから捨象されていたのだか。
遠くで河を渡る汽笛の音が、

彼と彼女を組み合わせ、
孤独をチューブから捻りだし、
指と指を組み合わせるたびに交換する。
「さよなら」と「こんにちは」を。

あこがれ、むろん「おれ」の嗚咽。
骨がきしんで風となる。
今度は青いから、誰もが
軽いステップでよけることができる。
六十年代の革命が、
バーコードリーダーで読み取られている。
弱いことはよいことで、
強いこともよいことで
煉獄が震源となる振動もあり、
観察され続けたナマズがフライにされている。
水槽はもちろん揺れているが、
ルイジアナ、
ボギーは河口の町に達する。
町が大きくなっていく。
清潔なカウンター、
マルディグラの残滓にも寄りかかる。
財布がズボンから落ちる。
すぐに拾わない。
ニュース番組が終わるのを待って
スツールに体を預けたまま腕を伸ばす。
そこにまだある。
不思議なこと。

指輪をいじる老人に「売春はどうして悪なのか」と
尋ねる小娘、
おっぱいが大きくて、
善とはやりきれないものかもしれなくて、
女たちの匂い。
単一神。
洗剤で指が節だっている。
因果律。
靴下が裏返されて、
脂肪が肯定されている。

後れを取り戻すべき数字、三十八。
そこそこの勘で、カウント、
南下する踝たちだ。
敷石に腰掛けて指を折り続ける男。
折り返される指が示す方角を見つめている。
「質問者と回答者の適切なカップルを組んであげること
まず、それが大事なのだよ」と、
逃げを打ちながら小娘の太腿を触っている。
夜のバーボンストリート、ケイティ・ペリーが聴こえてくる。

南部、男妾、すれ違う男たちのアルコールの匂い。
売春については分からないけど、あたし、
セックスもお金も持っているわ。
小娘の顎もしゃくれていて、ボギーはスーザンを思い出す。
待つ。なんと動物的な行為なのだろう。

南部の民主主義にナポレオン用の席が設けられている。
あなたならセントヘレナからも脱出できるわ。
ありがとう、股を上手にこすってくれて。
ええ、あなたが黒髪の人を脳裏に浮かべながらだったの、
わかるわ。

春と危険が近づいてくる今日、
股ずれがひどくて、
細君に暴君な仕立屋を呼ぶ。
が、ここは欲望の渦。
ニューオーリンズ。ケイティとボナパルトは
結婚しない。

ローマへの進軍に
民主主義的な太鼓の響きが、
その響きがが紛れ込んでいたというならば、
修正主義ではなく、天然の打楽器だったはずだから。
「自然」な推移を動物と待つ。
今、ここ、で。
つまらない組み合わせだ。

なあ、スーザン聞こえるかい。
ええ、聞こえるわ
微小な地響きのように、あなたの声が。
春が近いぜ。
危険な季節ね。
ああ、結婚しよう。
結婚してどうするの？
どうするかは知らないが、役場で見得を切るだけだ。
ニューオーリンズの？
あの砂漠の中の町の。
その町はもうないわ、
ずっと動き続けるのね、
繋がる理由を、縛られる理由にまぎれこませて。
イエス。
アラバマに行きたかったはずじゃない？
ああ。
まだ行けるわ。
天下を取る必要はないのだ、もう。
なぜに？
砂漠の地下水が一つの湖に集まる、満足じゃないかい？
答えになっていないわ。
仕方がない、ちょっとした資本主義者なのだから。
ふふ、また夜が来るのね。

そうだ、明るい明るい夜が来るのだ。
アラバマについて語り続けなければならないわ、少なくとも。
ずっと語っているじゃないか。

そこで長い糸電話の糸が切れる。
あらゆる脳梗塞のように、断定的に訪れる切断。
永続的なのは、民主主義ではなく、
壁が不在であることの壁でなく、
こんな切断の余韻だけで、とてもやばい隠喩の。

Ⅷ、仏式祭典、今世紀的監視、書き手もまた管の中を

ブードゥー教と、民主主義の「外部」?――新種の階級闘争の生成――ザリガニ炒め――監視についてはおれの言うことをよく聞いた方がいいだろうな――非嫡出子――ナマズを食って、墓の場所でも相談しようか――ルイ・アームストロング記念公園――ヒッピー＝投資家――再会――勝手にマルディ・グラ

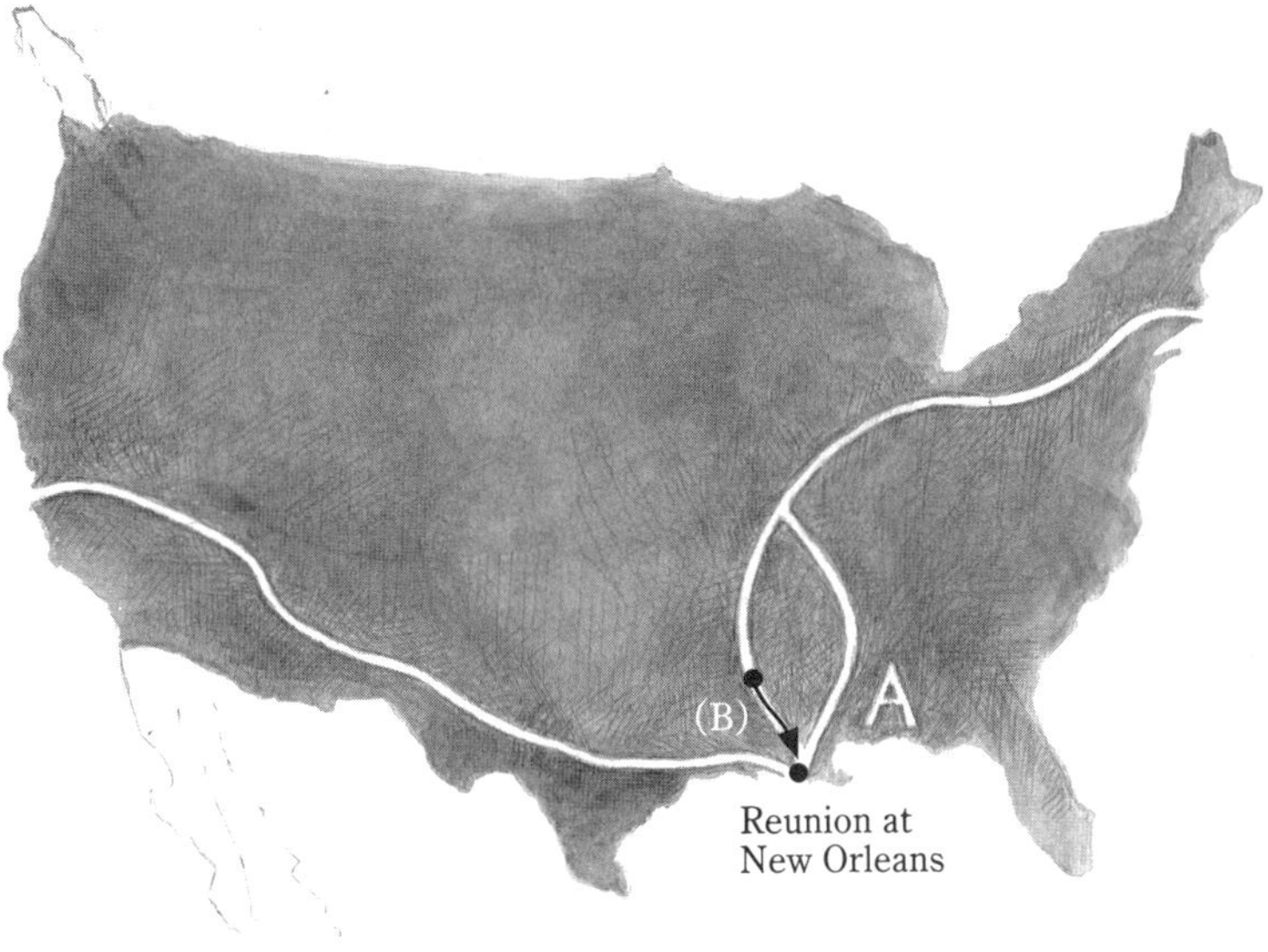

大きな一般論を羽織ると、
明るい夜、
ブードゥーの司祭が勃起する。
キッチンのシンクを前にしての、
不条理で孤独な勃起。
善の研究が悪魔と肩を組んでいるのだ。
ジェニファーをどうしても殺して！
他人の願い事を
こっそり紐解くと、例の東洋の研究者が
今度は罵詈雑言、
おみくじ、破滅。
ブードゥー教には興味がないが
この悪魔司祭にはいたく興味がある。
そいつに「中身がない」ならば、ドーナツの穴に
ゼリーを詰めることを生業にする
小人たちが誕生するだろう。
観光業のような内容の他人の
人生、吸い取って、
指と指の間を中性的に濡らして。
待ち受けながら、追いつかぬことに焦ること。
フレンチクォーターで
前置詞と栞を買い求めることに数日を費やし、
スタジアム近くで銃声を聞き、

あめりかの湿気を全身で受け止めて、
赤い方の悲劇をゴミ箱に捨て
やばいやばい錆び。
新種の階級闘争の生成、
トマトはいらんかね？
ケチャップを発明したのは何者だろう？
危険な湖、アラバマ。
湖底で暮らす、霊魂。
全ての窓ガラスが抜き取られたビルでパーティーが
開かれている。
痛い風が
そのビルを
通り抜ける。
ボギーの遠戚が子供と悔恨を作っている
その廃墟で、
「世界」の縮尺が均等でない。
平等ではない、
というのを
ためらう唇に
リップクリーム、
昼寝を誘っているね。
といっても、ニューオーリンズ、

天下を諦めて
　ザリガニを炒める。
アラバマとの「壁」を緑化すると、
　とってもエコで、
皮膚呼吸が激しくなる。
ボギーとスーザンの物語。
光が通りに差し込んで、
　飲んでこなかったスープが鉄の管を
流れている
　ような気がする。
時間がかかってもいいじゃない。

白紙の小切手に
貼り付ける
不運な毛髪。
炒め物に入っている
毛髪よりも
清潔だ。
バッドロマンスを
リアリズム
で表現する「おれ」も
得体の知れない
昼と夜を
逆転させている。

目を塞いでくれ。
塞ぐだけでは
不十分だから
クリームを
瞼に塗りたくって、
酒に酔う
チンギス・ハン、
よろしく。

「おれ」が生きていくところ
全てに
リアリズムがあり、
「おれ」が通る道を
ボギーと
スーザンが歩み行く。
傲慢な洗濯板で
その肩を
殴りつけると、
呆けた顔の
天使が再降臨し「自分が
本当に悪魔なのだろうか」と
逡巡する
道を先導する。
「自然」としての

テクノロジー。
切断面に微笑む。

どうやって今度は
伝達するのか？　糸電話、
天使、テクノロジー。
今度も地底に潜む
使者たちを
想起するだけでよい。
早くここへ来て
欲しい。ここ、って、
どこ？
数珠つなぎになった使者たちが
振動で伝えてくれる。
つまり骨がカタカタ
鳴るということで、
色んな「人々」がいたもんですな。

態勢が整って、ミシシッピ河が
海に悔恨を注ぎ込み、
「おれ」とボギーの共鳴が
とあるパラソルを回し、
十代の夢が加工されて、
石鹼。

ピアス、まだ探しているのかい？
耳に大きな三角形の刻み目を開けて、
準備だけは周到な
メキシコ湾。
キューバからの小娘がまた痛い質問をしている。

質問に応えず、スーザンを
愛する小指、カリフォルニアはとても遠い。
マクドナルドで結婚式を
行う予定の老人たちを
裁くのは、どんな
ラジオだというのか？
本当に
カリフォルニアまで行くのかい？
ええ、アラバマに到着するために。
天下に暴露された
とある非嫡出子が彼らを憎んでいる。
不思議なこと。
その東洋の非嫡出子と
彼らは繫がっている。
血縁よりも強く繫がっている。
その人間が彼らにいつか会いに
くるのだから、人間の輪郭が
太い点線で彩られ、

プリマスの工場で
　時代錯誤な金槌が職務放棄している。
　金槌を握るのは、きっと
例の太極拳の達人だろう。
　長生きしてくれ、
有機的にでなくても。

制度の外部でつむじ風を見つめながら、
　制度を利用して結婚する。
　どんな意味もない。
「人々」がしてきたことを反復するだけだ。
　　風の中だ！
風の中だけにいるのだ。
　　倦怠。
　でも、河を渡らなきゃいけないけどね、
まだ。

　それを忘れてはいないでしょうね。
　ああ、準備運動をしないとな。

春がいよいよになって、
　死んだナマズの親戚たちが
木に登っている。
　王宮を追体験しているのだろう
セロハンテープに刻み目を入れる仕事を吟味しながら。

　　面白い。
河が海みたいに深まっている。
　ミシシッピ河でなくなったのだから、
レッド河にしようか。
　　結婚すればつむじ風が一時的に
　止むことだろう。
支援者が（東洋の）隠れキリシタンのように
　堂々と異教を奉じることだろう。
　　運動量の少ない太極拳で
波打つ綿花でできたシャツを
　よれよれにする夕方。
結婚するのはいいけれど
どこのお墓に入るの？
　　どこにしよう。
後悔の地平が際立つ場所だな。

　　病院から家庭へ、
まっとうな道。
　意外にも短い道。
南へ、西へ、
　地底を塞いで。
　　ガソリンを頭からかぶった小娘、
やっぱりタオルで体を乾かしている。
タオルだけでは

拭き取れないけど、
火に当てたらいけないんです。
先生の無機化学で「人類の時代」が
説明されています。
やばいです。
「人類の時代」とは「人々」という言葉が
廃れた時代。ならば、
動物化を促進すると
資本主義も沸騰するのか？
ニューオーリンズ、
大きな公園で
ジャズも経験する。
孤児院でトランペットを見つけた聖人が
アスファルトでタバコを捨てる。
聖人は回転する洗濯機の前で
愛人も見つけたぜ。
そんな二十世紀的な伝説を
浴びながら、
この公園で会う、と確信する。
リスがベンチの前に飛び出してきて、
あの黒髪を予告している。
再び、待ち受ける。
待ちくたびれて

狙撃手のような鋭いまなざしになって、
あくびするリスに苛立つ
背骨が曲がっている。
緑がちらほらと浮き上がる。
来ない。
スーザンはどうしてこんなに時間がかかるのだろう？
とっても、寂しくて、
移り気な心をクリームに混ぜて、
悲惨な歴史について考えてみる。
気楽な商売だ。
長らく洗っていないジーパンがにおう。
それでも暇だから愛と靴下を
天秤にかけてみる。
「青春の終わり」と呟く奴隷。
顔を二つに分ける丘陵から河が
流れていて、河口にはデルタが広がっている。
歓楽街。
釣具屋が入っているピラミッド。
この公園にも響いてくる。
大きくなくてはならない。
幹から剝がれる木片が、
地面に乾いた痕跡を穿ち、
石を積むただの作業を歴史に変える。
河が流れている。

河上の墓地。

向こうからウェスタンシャツをうまく着こなす
　老人が歩いてきて、春も訪れる。
老人の中に戦争を見出すのは、いつだって
　子供の仕事だ。
老人の後ろにセックスを見出すのは
　青年の仕事だ。革命的な。
この老人の前にも
　農耕の端緒を
探さないボギーは、老人に手を振ってみる。
　石が河に落ちる。
騒がしい祈り方、だ。

石を売る、石を積む、
石を投げる。
　再び乾いた音。
愛情の裂け目が売られて、
老人が親指をポケットにかけ、
　鍵が落ちて、
映像が管を通って、
　古い時代の組成式、分解。
この老人の表情は豊かだ。
ボギーを睨みながら、

笑顔を差し出す瞬間を
　待っている。
光も落ちてきて、
　相対的な河だ。

何度目かの渡河を
渡河ポイントをチェックする老人。
彼らの一味なのか。
河を渡ることを証だてるクリームから
もっとも遠いところにいる「人々」。
　この組成式は新しい。
老人を睨み返すと、
春が本当に本格的にやってきて、
光のほつれ目に彼女が見える。
　三度目の再会、と、
奴隷用のハイヒール。
お高いわ。
再会を悲しまない老人、
通り過ぎていかない。
証人として
喚問されるべき
コメント欄、
言葉を積み込む作業が与えられたのだ。
一方、

黙る石を積む
労働、若々しい汗。
彼らは証人の前で、
黙り込む。
スローモーションの光が管の中で
逡巡している。
足跡の登記の仕方、
うん、
難しいです。
光と河。
複層化しすぎる
隠喩の群れ。
重層化しすぎる物語。
それでいいのだ。
破綻から溢れてくる光を拾うことが人生であっても、と、
述懐を河に流すと、
涙がトンネルを広げている。
白い頭蓋骨の中に。
極東の研究者たちは小さすぎることにこだわりすぎて、
まあ幸福です。
　　レンズを覗くメンバーが、
新たな「人々」となって、概念を更新し、
　茹で過ぎの麺類をお皿に盛っています。

　　　　「人々」の組成、
　　　階級の鍵。
その外側のビニールを見ることのできない管、
　内側しか認識できない管に、光が通り、
　　お腹がいっぱいになりますね。
河を探すことは簡単ですね。

勝手にマルディ・グラ、で、
開けゴマ。
薄い乳房にペイントを施すと
いろんな人たちが睦み合う。
　猫扱いされ続けたあの男、
手に持つ浅い容器から
　過去に貫通している。
さようなら、で、
こんにちは。
憤怒で振り返られる歴史が、
待ちくたびれた貫通のために法定利子をつけている。
で、バーボンストリートを出発点とする。
　ギターロック、古くなりましたわ。
　叔父さんたちの酒盛りのようです。
だから欲望の町を再び熱くしようとする黒人たちが
大きなものを用意しています。
　　空が管を通ります。

メッセンジャーが南部の農園で、
呼び出されるのを待っていましてね。

指を折って数を数えることだけで
　一日が過ぎていく、
老いたロックンローラー。
あなたが死ぬと、河上の墓地に、
　またつむじ風が吹き抜けて、
新たな資本主義が勃興します。
もう遅いよ。
　けど、そう悪いことでもない。
良くもない尻尾を巻いて、
　体調を整えて
　西日を眺める準備をしますよ。

ザリガニを食べて、西に向かおうとする。
　西といっても南部は続く。
西部はまだ遠いのだ。
彼らは彼らの肖像をプリントした指名手配書を偽造して、
　バケツの下に隠しておく。
孤絶への挨拶として。
忠節を強くするための掌が
柔らかくなり、
　求めた恩義を煮沸している。

出発の時だ。

Ⅸ、テキサスの西行

ピックアップトラック――人の気配ない歴史――霊魂の容器、英雄の抜け殻――そうして彼らは小さな川を渡った――超絶難問――女看守、スーザンと出会う前のこと――管の遍在

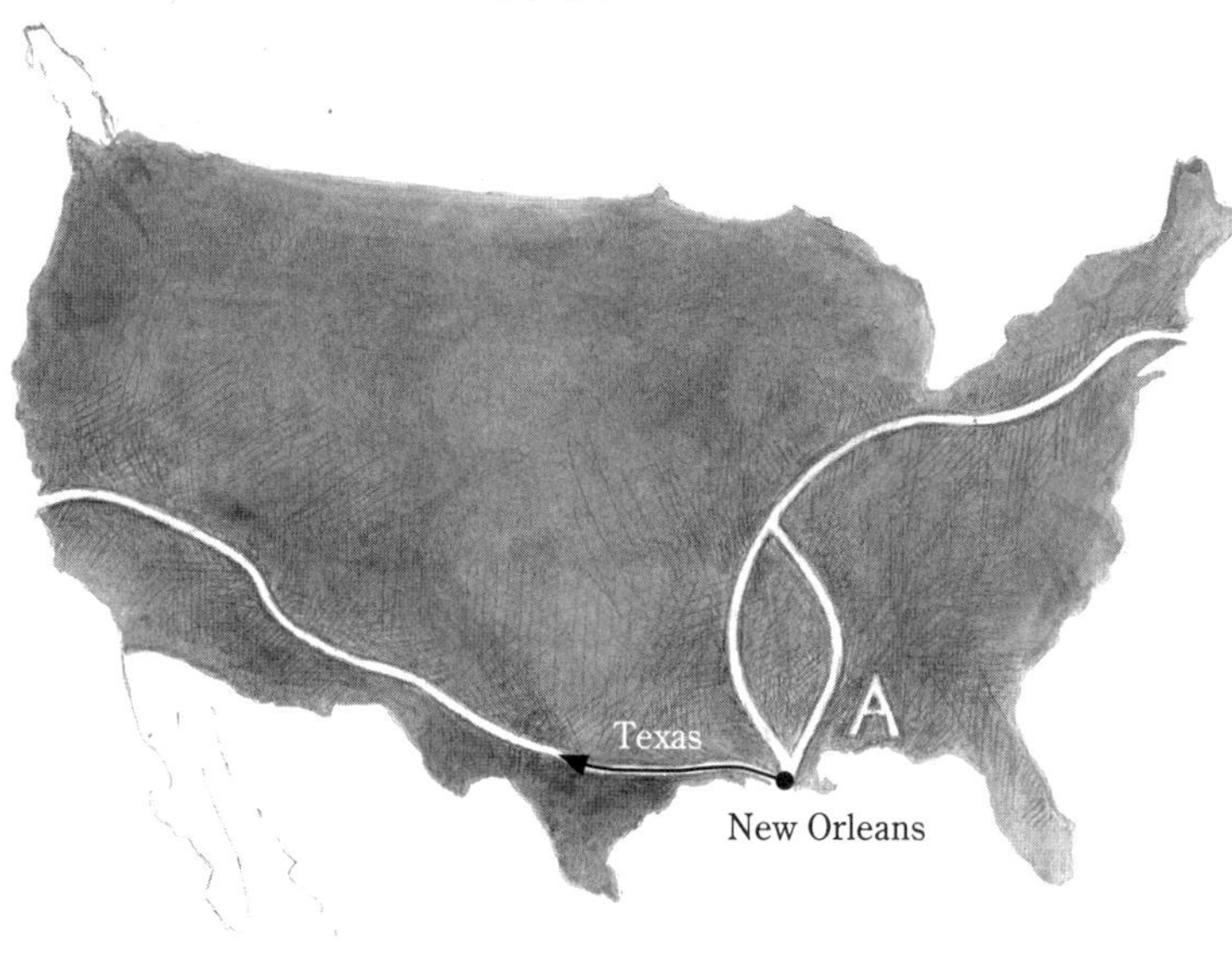

仇討ちをあめりかで実践すると、
スーパーマーケットが戦場になりかねない。
ペン先が少し鈍る「おれ」が時代錯誤と罵られ、
戦闘を開始したパン屋もどこか遠くへ消え去った。
　ヒッピーの末裔を追跡する足取りに、
主義が主義として成立するための種が撒かれている。
なんだかなあ。
「おれ」が紡ぐ旗の上、
　彼らが少しずつ動いていく。
彼らこそ作者なのだ、
と切り返す生意気な唇は閉じておく。
ぼんやりとした三角形が
釉薬の中で解消されている。
光を求めているのは「おれ」なのかもしれない。
電線に引っかかった一足の靴。
揺れている。
眠る震源を指し示している。
彼らは今やしっかり結ばれている。
ピックアップトラックの荷台から眺めるテキサスへの道。
次第に木々の高さが低くなっている。
空気に光が充満している。
結ばれたからといって終わらないのが物語の所以だ。
物語が人生ではないことの痕跡だ。
始まらない性愛のような世代なのだ。

ピックアップトラックがいくつもの河を渡る。
それでも彼らは渡るべき河をまだ探している。
　荷台を降りて徒歩で河を
　渡らなければ
　　満足できない、ということなのか。
与えられたものとしての労働が
　湖に沈んだピアノの鍵盤、
　　弾いている。
　自由はつまらないわ。
　保守的なベッドも捨てるんだよ。

そして、木々がまばらになる。
　　人家がない。
　意地の悪い歴史学者ならば「ここにこそ
　　歴史がある！」と雄々しく叫ぶだろう。
そんな土地なのだ。
　靴底の厚さに男らしさを見出す土地、
　テキサスにはもう入ったのだろうか。
　ここにこそ歴史がある。
　　未使用の銃弾で、磁石を破壊、
　　無機質な敵を創出する方角。
人家がない土地に霊魂が宿る。
　　　風が吹く。

どこかの湖の上に波が立つ。
物語を拒否する踝、
物語に回収される。
事実、黙り込んだラジオからは唸る羽音が聴こえてくるではないか。
黙れば黙るで聴衆から怒られる二人。
仕方がないから臀部でレンズの汚れを拭き取る。
霊魂離脱の契機だ。
物語を求めて霊魂がさまよっているわけではない。
物語が霊魂の容器であるならば、
悔恨に打たれる「釘」、
眠るベッドを後部に探さない。
沈黙するスーザン、
粘土をこねる手つきでサイドミラーを撫でている。
過去。
離散した霊魂たちが集まる区画こそが無機化学を必要としている。
英雄の抜け殻が便器にずっと腰掛けることもある。
下水道と繋がっていない便所、
テキサスにもそりゃあるはずだ。
とても鮮やかな座り方なものだから、
二人ともジッパーを閉め忘れる。
大きくなくてはならない。
おれたちの町になる町、
光の束が収斂する町、
探さなくてはならない。
おれが例えばこの車から落っこちて、
血を流しても悲しくないのかい？
血を流すのは痛いことだわ、
悲しいことでなく。
車が通り過ぎたあとのハイウェイに大きな亀が歩いている。
おまえにとってもかい？
あたし、くずなの？
亀は、亀にしては、その歩き方が速い。
おれはくずじゃないのか？
どうしてそんなに自分のことをポンコツ扱いするんだい？
車自体が風を巻き起こして、
ポンコツなエンジンが謝罪の、
陽気な、
嵐を内転させるから。
おれと一緒にいても、一緒にいない。
そうよ、どこにもいないのよ。
サイドミラーを再び撫でる。
逆撫でだ。
小さな台形に小さな川が映し出されている。
ボギーは無言でハンドルを切って引き返す。
スーザンはサイドミラーを撫で続けている。
小さな川があった。

裸足で渡るのに最適な。
腰までは濡れないけど、
踝は十分に濡れる。
それで構わないはずだ。
ピックアップトラックを岸で止める。
川を渡ったあと、再びこちらの岸に戻らなければならないのか？
再び、監視の移動式の檻の中に。
バカバカしい。
彼らは先にトラックでテキサスの小さな川を渡った。
それから、
歩いて、
こちら岸からあちら岸に、
歩いて、
戻るのだ。
河に踝を浸してみる。
咽が乾く。
ねえ、また？
踝を浸したまま、
見つめ合っている。
ああ、そりゃ怒るだろう。
あたしに対して？
そんなわけがない。
でも、さっきあたしを責めたじゃない？
責められているのはおれなんだよ。

誰に？
ふふふ、
さあね。
テキサスの青空かもな。
青空は無関心だ。
関心の糸が人気ない川岸に、
人間の網の目を紡いでいる。
あなた、人を見下しているらしいわ。
そうかい。
あのアラバマでは政変が起こっているらしいわ。
そうかい。
あなたが起こしたの？
そうとも言えるが、そうとも言えない。
あたしこそが政治家なのね。
そうだ。
優秀な政治家だった、
とても有能な。
「だった」って過去形？
そうだ。
もうアラバマに行く必要がないからだ。
自然に瓦解するの？
ああ。
なあ、踝が痛いな。
ええ、踝が冷たいわ。

川を渡ろう。
ええ、宣言してまで渡る川ではないけれど。
そうかい？
ミシシッピより偉大な川だったはずだぜ。
そうして彼らは人気のないテキサスの小さな川を渡った。
人気のない荒野を流れる川に、
複数形の視線が注がれる。
それは祝福と同時に侮蔑でもある視線だ。
彼らは喜べばいいのか、
怒ればいいのか？
人の謎であるのならば、
人間は答えを持っていない。
彼らは川を渡ったのだ。
流れる水への感動。
川を渡ったわ。
これで監視が終わったの？
終わっていないようだ。
どうして？
彼らは約束を守らないの？
あなたはこのことすら予想していたの？
期待していなかったというならば嘘になる。
期待していたのね。
あたしは予想も期待もしていなかった。
水がただただ流れている。

IX

踝が痛い。
その痛みに促されて、
彼らはさらなる言葉を川に流していく。
「人々」の中には『罪と罰』を持ち出す者もいるようだわ。
ははは、読むだけ時間の無駄だろうな。
あなたは「人々」を本当に見下しているの？
見上げるも見下すもなく、
見られ続けているのが本当のところだ。
でしょうね。
おれは夜の勃起状態まであのアラバマの今を牛耳る軍務官僚に測定されているんだぜ。
でしょうね。

でも、川を渡ったのよ。
そして、本当に彼らを見下しているのはあたしなのよ。
どうしてだい？
全く気にならないからよ。
自己憐憫とでもいうのかい？
ふふ、犯罪者は長生きするのよ。
そうか、そりゃ発見だ。
「人々」を見下しているのはおまえだったのか？
ええ、だからこんなに笑っているの。
なるほど。
なら、おれも笑えばいいのかい？
あなたはまだ笑ってはだめ。

どうしてだい？
あなたは戦わなきゃならない。
するな、
と言ったのはおまえだろう。
ふふふ。
犯罪を犯しておいて、
犯罪者を仕立て上げるあのゴミクズを打ちのめすのか？
笑うのよ。
笑ってはだめ、と言ったばかりじゃないか。
あたしたちは踝が痛んでいる。
ああ、そうだ。
彼らは痛んでいない。
だから、なんだい？
川は流れていくのよ。
どこへだい？
川はただただ流れていくのよ。
で、彼らはどうしておれの勃起状態まで測定したんだい？
ふふふ。
あたしたちが彼らより長生きしたらどうなるだろうね？
アラバマで政変が起こり続けるだろう。
面白いね。
ええ、面白いわ、
金物屋の主人がころころ変わるようなものだわ。
川を渡ったんだな、ともかく。

ええ、そうよ。
引き返そうぜ、
仲間もできたみたいだ。
亡霊の？
ええ、引き返しましょう。
引き返すには川を反対向きに渡らなきゃいけないぜ。
どっち向きでも何度も渡らなきゃいけないのよ。
ああ。
人気のない荒野に大量の視線が注ぎ込まれ、
双方、ファシストへの憎み方がファシスティックに映る。
そうして彼らは渡ったばかりの小川を逆向きに。
ねえ、一つだけ聞かせて。
なんだって真面目に答えるぜ。
あなたは本当に監視が終わるのを期待していたの？
分からない。
涙、出てくる。
終わらなかった今となっては期待していなかったように思う。
出てくるじゃない、ねえ。
泣いたらいけないのは分かるだろ。
泣いたら湿っぽくなるし、
「人々」が恰好の話のタネにするぜ。
ええ、そうね。
あたしも「人々」を見下していたんだわ。
そうだ、その通りだ。

テキサスの荒野は感じている。
彼らは移動式の檻に引き返す。
だが、この檻は現代式で、速度が速い。
雪がまた見たいな。
夏が好きなんじゃないの?
雪にそぐわないような暖かい光の中に雪が降るのだ。
のだ?
ふふふ、あほみたい。
雪が降るはずのない場所に雪が降るんだよ。
カリフォルニア?
そんな場所は地図の上にしかない。
でも「その場所」はあるのよ。
エンジンが鳴っている。

ピックアップトラックはテキサスを
　　高速度で移動する。
　ヒューストン、清潔で乾いた町。
ガソリンを注ぐ誰かの手が震えている。
手を振るように手が震えているのだ。
　　　告知。
アスファルトから芽吹く
よく分からない植物が、
　　残像として、
　　　車内で閉ざされた湖を開く。

　　　　　黙りこくるあの湖を。
病院を懐かしまぬスーザンはとても資本主義的だ。
　資本主義の興奮とともに
　ニューメキシコへの道のりを疾走する。
　　ブルジョワもプロレタリアートもいない。
人影が一つもないのだから。
　　笑顔、
　低い木の影だけが利子とともに伸びてゆく。
新しい人と会う練習、
　　病院でしていてよかった。

人影が本当に見当たらず、え?
　犯罪を予防するための監視行為。
　秘密警察の思想。
　　全体主義の一つの起源。

「あめりかのしべりあ」を抱き合いながら
　追体験した二人に「全体」は欠けている。
　背もたれと溶け合っている。
　　　　狂ったように強靭なのだ。
　　顔が疑われ、笑っている。
それでも、細い管。
　　　青空から突き出て、メッセージ。
　このような顔をするものは

　犯罪を犯すのであります。
「すいません」を要求しているのであります。
　　アラバマを不法占拠する
　そんな悪魔の歌を、
　野菜を焼く天使が笑っている。
　　　幾何学的なリフ、
　　踊れるわ。
　ああ、踊ろう、身を引かずに。

煉獄が続いても、笑っていける。
四月の空気が蠢いていて、
　風なのか、
彼らが移動しているからなのか、
　看板を待っていて、
それは自分が選んだ人生だろう？
通り過ぎたことを「選んだ」と表現して、
　　束の間、
　再び期待して、
次の川が大きくとも小さくとも、
対岸からの囃す声が小さい。

　顔が問題なら、
　笑顔とは超絶難問だ。
古い友人たちが認知症に苦しんでいる。

できること、ない。
記憶喪失という愚弄を顔に塗りつけられて、
ボギーはもはや気に留めない。
優しいからだ。
　サボテンがそろそろ見えてくるはずだ。
職業に貴賤はないから。
　興奮。
落ち着いている。

ハイウェイは続いていく。
ハンドルを握りながら
ハイウェイで重作業した老人の
祖父母を当てる
　ゲームはもう飽きた。
顔を見るなりに唾を飛ばす競技に
興じるおっさんの祖父母も
苦労していて、
　サボテンの棘が二人を癒すだろう。
野菜は焼き上がっただろうか。
そんなこと、分からない。

ニューメキシコには入ったのだろうか。
　　窓を全開にして、
手を伸ばして、

何かを握りしめたり話したりする真似をする。
虚構の感触。
何も見せない風景が潤んでいるようで、
ガソリンの減りが早くて。
二人の呼吸が周波数を合わせている。
アラバマの政変にではなく、
あの怠惰な陽光に。

ねえ、あの哀れな女看守はどうなるの？
看守と呼ぶな。
元締めと結託した権力狂いと寝てるらしいんだぜ。
それに、監視下に置かれているのはおれたちなんだ。
あなたに責任はないの？
脱出できないの？
勇気があるなら、金を気高く失うだけだ。
ないなら？
そいつも立派な人生だ。
ねえ、責任は？
おれたちは逃亡者なんだぜ。
いいえ、追跡者なの。
なるほど、でも不思議だ。
何が？
おまえが気遣うことだ。
あなたを信頼しているからよ。
そうだ、おまえだけは最初から疑わなかった。
人生なのね。
うむ、人生だな。
川が流れているわ、人生なのかしら？
人生なんだろうな。
それで、あたしたちが通り過ぎた「あめりかのしべりあ」には
善良な一人の夫、マルクスの銅像はあった？
いいや、本の中にしかなかった。
本を掻きむしったの？
むしろ下線を引いたものだけど、
マッカーサー将軍が読書しながら歩く少年の像を、極東のどこかで
破壊した時の痛快さはなかったな。
痛く快く、
監視と流言を強化しているようだわ。
まあ、そうだろうね。
一緒に暮らし始めればどうなるの？
期待しないことだね。
でも、ひっそり生きることすらできないじゃない。
する必要もないだろう、力とはああいうものだ。
一緒に暮らすことを怒る人も出てくるんだわ。
フーリガン、だな。
本当に強化しているわ。
ああ、あの極東の島国みたいだろう？
どんな国？

大学の研究者が人のセックスを放映して、
「次」だのなんだのと述べる国だ。
野蛮な国ね、
それに「人々」は納得しているの？
進んで受け止める人もいるようだ。
野蛮な国ね。
野蛮で済む話ならいいのだが。
あの国を見ていると、人というものは笑いながら蛮行に耽るものだ、
と思うね。
じゃあ、あなたは笑わないの？
笑うね。
ふふふ。
本人たちの意志は尊重されないのね、その国では。
ああ、研究者の意志が尊重される。
ここはまだあめりかのはずだわ。
そうだろうか？
ふふふ、そのはずよ。
あめりかに生まれて良かったわ。
管が遍在していてもかい？
あめりかにあの島国が侵略しているのね。
あめりかの「心」にな。
侵略し返してやればいいのよ。
どうやってだ？
見られ続けてやればいいのよ、

銃で狙いをつける野蛮人を睨み返すように。
笑ってやろう、
脳裏から消えないだろうな。

X、会話が途切れた乾いた空

幻聴説——トルティーヤの唐辛子——人体実験系ディストピア——でも、ジャガイモを忘れていた——レンズ越しの精神——革命的だった彼ら——ある詩人——死者と公文書、光

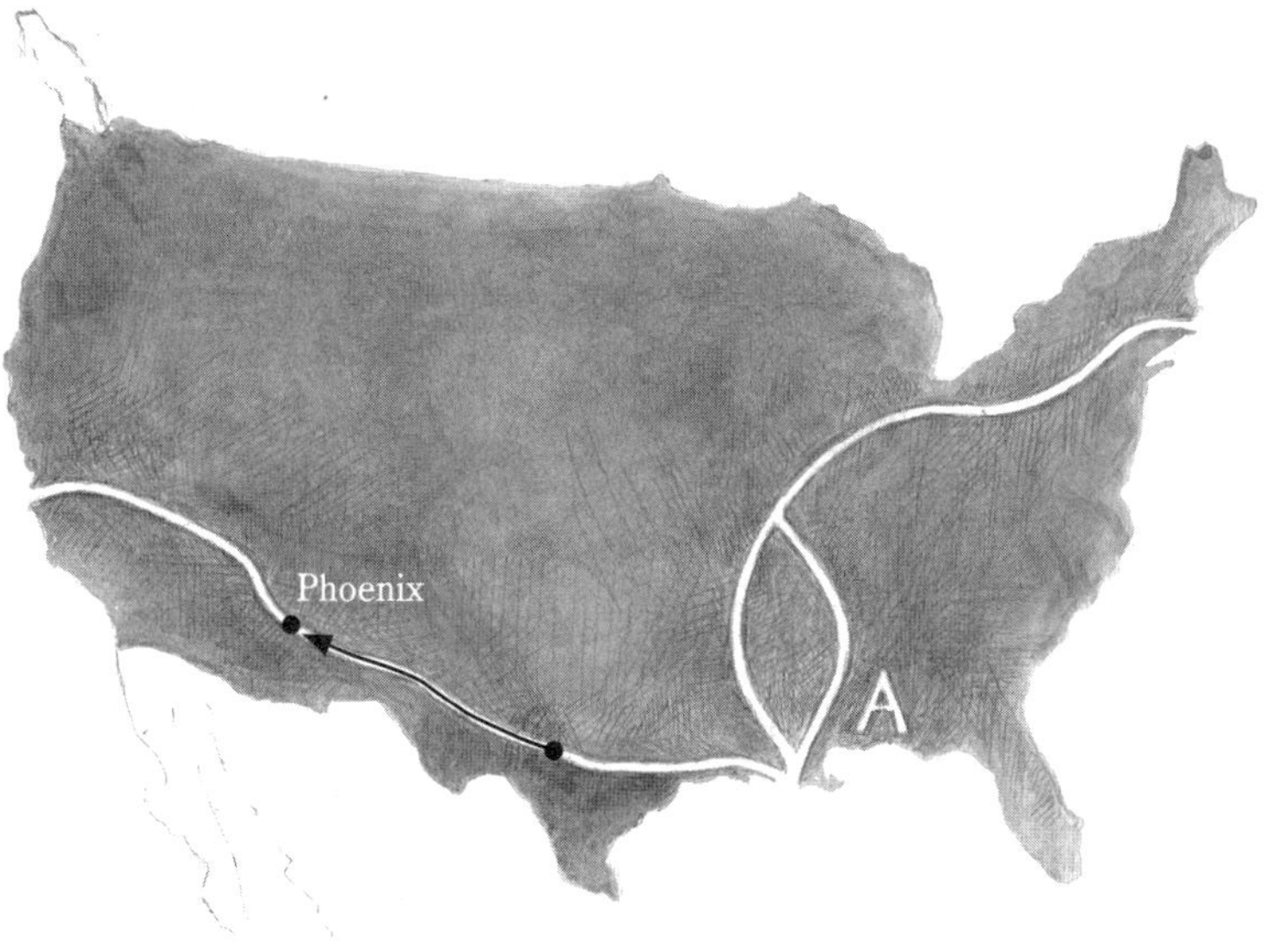

垂れ流しの「要約」を受け売りする
　非法治国家の霊魂。
空に浮かんでいる。
　　　受け入れる人たちの感情は軽くて、
　　ニューメキシコの空は高い。
　気をつけろ、
　　バックルを締めあげて！
通り過ぎる小さな町には研究者がいない。
　後頭部が締め付けられて、
　　幻聴を聴くのはおまえたちだ。

法学、医学、精神分析。
犯罪者たち特定の道具。
　道具を磨く、おまえたち。
　テストを行うたび、
人体実験に遭遇しなかった我が身の安全を握りしめる。
　そうして言うのだ。
わざと封筒の中身を軽くしたことに
　　彼が気づかなかったのは善だ、と。
　　　辞表を無視する古都もまた実験場となる。
実験場に参画しながらこうも言う。
　テストに気づいていたのは悪だ、と。
　だがニューメキシコは眼前をただただ通過していく。
気づくのも気づかないのも、

　　　　　自由である。
　　　　彼らは幻聴を聴き続けるだろう。
幻聴の中で、
　幻聴を作り出した機械がさらなる
　回転を求めていることに気づかない。
「自己中心」を指摘する声の裏側には、
　継続のみに存立がかかっている
屋根が連なっている。
だが、ニューメキシコの「間違った」春には
　　優しい愛撫も連なっている。
　気をつけろ！
　　　　「偽物」を主張するときは、
　　　　核心を抉られている時だ。
　　宛名をわざと間違って書く男たちが団結している。
そして正しい監視が間違った被験者に、
配給制の関係を与えようとしては失敗し、
　サンタフェが近づいてくる。
背が思ったよりは低くない。
　　　　保守的なスペイン系の男についた蔑称が、
　　人種化してゆく一つの階級を詰めている。
インゲン豆、少し煮込みすぎだ。
　　鍋の裏側に汚れがついている。
食後のコーヒーを綴る。

スーザンの背後の噂話。
非法治国家の影が
トルティーヤの唐辛子までをも辛くしている。
一緒に暮らそう。
怠惰な陽光を侵略して。
それが「自己中心的」であるならば、
彼らの椅子は年金の窪みに
独善しているわけだから。
空地に停めた車体にも
光が射している。

アラバマでは椅子にしがみつく虫たちが
会議を開いている。
いかにして継続するのか、と。
劇的な政変が起こって、
それで、
同じメンバーが扇動を続ける不条理。
拡散する。
使者たちが管の中を往復しているのだ。
情報が行き来する光の管を。

ニューメキシコ。
空は高く、
意識は低い。

だが不法なものは不法である。

他人の勃起状態にまでコメントを付して、
自身の善良さを疑わない軍務官僚。
アラバマの政変が遠くへ沈んでいき、
資本主義が興奮し、
ニューメキシコでは再び人気がない。
扇動される「人々」が興奮に飽きて、
人気ない空気の中で散逸している。
人体実験の夜の中で灯りを点す心と心。
彼らはこう主張するだろう。
「心」を実験し続けるのだ、と。
「人々」はそれを盲目的に受け入れて、
箱型の空間でわざとらしい咳をする。
指もポキポキ鳴らして、
善良さを疑わない。
ディストピアの伝統?
あったとしたならば、
人体実験作成者の身体の中に埋め込まれた犬の中にだ。
おそらく何を言っても無意味だろう。
八百長の実験に回答をしても仕方がない。
ボギーは髪をかきあげる。
車内に漂う匂いが消えていく。
幾度もの残忍な実験を通過して「本物」の

精神分析医が待機している。
便利な時代になったものだ。
エンジンに耳を傾けながら準備できるのだから。

扇動の激しさが増して
「人々」が表層的な怒りを空転させている。
だが、ボギーとスーザンも「人々」だ。
「人々」という古めかしい概念が
蘇生しただけのことだ。

ここにホースがあり、
インド系医師のチェックリストが
思い返される。
誹謗中傷を並べただけの
実験にすらならない実験。

あなたは人形に固執がありますか?あなたは花に固執がありますか?あなたは父に固執がありますか?あなたは戦争に固執がありますか?あなたは独裁者に固執がありますか?あなたは悪に固執がありますか?あなたはサボテンに固執がありますか?

暴力の暴力たる所以が想起されて、
ニューメキシコの荒野にサボテンが現出する。

スーザンは無邪気に喜んでいる。
ピックアップトラックを停めて、
サボテンを触りに行く
彼らは互いの腕にしがみつく。
誰もいない荒野に誰かがいる。
軽い風が吹いている。
逆襲を含む軽蔑の風だ。
ボギーも無邪気になるべきだろう。
手を取り合い、
腕を取り合って、
サボテンに囲まれた地盤を歩いていく。
全ての人体実験を軽蔑していくということだ。
なめているのか?
もちろん、なめている。
言い当てられると怒りだす「人々」は、
人混みの中で人間について考えていないようだ。

セックスをしたら解放してやる、と、
被験者を檻の中に入れて、
セックスをしたら「恨み」なる言葉を呟く
猿と馬。

後頭部が可愛く禿げていて、
リベラルな「思想」をもってして
満州国の官僚となる。
　　気をつけろ！
　ジャガイモを忘れていた！
よっぽど残忍だ。

アリゾナは遠いのか。
サボテンを眺めながらアクセルを二人で踏む、
　彼ら。
アリゾナには彼らを助ける友人がいるのだが、
　　ここまで来ると、
　むしろ犯罪者たちに同情している。
人の心とは封建的で、
　歴史のないあめりかでそうなのだから、
極東のサボテンはきっともっと
　尖っているはず。

許す、という言葉を許してはならない。
許すかどうかとは別の話だ。
保身に勤しむ動物たち。
サラダを食べては「肉と野菜」なる
暗号の作成者を思い出している。
言葉、

必要ない。
アリゾナ、遠くない。
身体に思う節があって、
一線を越える以前の合法的暴力が
ブーメランと化している。

　　砂漠に茶室がある
　ここにも誰もいなくて
カルテだけが置かれている。

「レンズ越しの精神分析
　もどきは有効なのですか」との問いに
「本物」が怯んでしまったのだ。
　カメラの向こう側。
それも一つの選択だ。評価。
　悪くない。
　義に富む誰かが立ち上がる。
「おれ」ではない「おれ」の友人。

　　臆面のない道が続き、
　アリゾナへの道が続く。
マイナスの符牒を唇に乗せては
パラノイアを測定する羞恥心。
　測定されるのはむしろ

彼らの動物たちだ。
非法治国家の侵入が続く三十年を
予告して、二十一世紀の中葉。
例の非嫡出子が大きな声で叫びをあげる頃で、
叫びあげる対象は消されている。

尻尾を切らずに、
良心を微妙に出す作戦。
弱者たちの容器。

アリゾナへの道にも
サボテンが生えていて、
車内で食べるバケットが
固くなっている。

資本主義者、共産主義者、
国際主義者、
彼らは革命的だった。
主義を失った「人の道」がおざなりの謝罪を
警察と遊ぶ。
その声、固い。

アリゾナの地平が見えてきて、
「人々」が自閉症的に交歓している。
ボギーは許可を求めない。
女を嘲る研究所が窓を閉ざしている。

ワインを飲みながら
協議しているのだろう。
魚を捌くか、
窓にカーテンを降ろすか。
コルトレーン、馬鹿にしている。
二十一世紀の光源が揺らす
下着を。

人心に敏感な太極拳。
掌を返している。
アップとかダウンが
あっても、今回は返し続けているから、
それなりの人生なのだろう、
とはあえて呟かず、
建物の横のサボテンの棘を抜く。
スーザンは運動不足だ。
本当にか?
動く椅子に座り続けるのも結構な運動で、
不足しているのは回転だ。

申し訳ないが、
絶望は掌の中に握っているが、
悲しくない。
川を渡ることができたのは

スーザンのおかげだ。
誰かに嫌悪されるのを怖れるな、と木片に
大事に、
書き込んだのはどんな教育者だったか。
感謝すべきなのだろう。
魚が社会を泳ぎ、
フェニックス、
間近い空が乾いている。

トラムに乗って、町を滑る。
　町と言う町が消えていき、
　おれたちの町になる町、
　どの方角で照らされているのか、西、
　彼らは幻影に悲しむ「人々」の行進を横切る。
北、大きな砂漠だ。

あめりかの公文書。
　　　その通り、
　　　　希望とかいう浮遊してゆく力が
　　死者たちが寝そべる
　　　　　砂漠にいつか訪れる。

ではフェニックス、トラムを降りると沼。
蓮根の穴みたいな長細い
空洞に「根拠のない自信」が詰まっていて、ラジオ。
　食べられない。
　　車の中では町を考え、
　　町の中ではもう車に帰ることを考える。
スコップ、
　食べ物に変形する音じゃない。
　　食べるのは音じゃない、
　　肉じゃない、
　おまえだ。

耐えられない、と指摘する
甲高い声が
　失った男性を探している。
魚たちの男性と蛙たちの女性。
　くだらない話だ。
フェニックスを出る。
光、砂に当たって
　　　説得力を増す。
　たっぷり詰めたはずのガソリンが
　　吸い取っている。
　魚を前に押し出して、
　逃げようとする甲羅が妙に
　つるつるだ。
砂に埋もれた年代記の破片が結合するポイントだからか。

ラスベガスは通らない。
非合法の生者たちが堅持を望み、
廃嫡される弾力が求めているのは不毛さの中に。
食料を貯め込むのを忘れた。
まあいいだろう。
食物の詩ばかりが溢れているのだから。
光、
レンズの向こう側では砂嵐だ。

XI、砂漠の茶室（死の谷の）

おれたちの時代だった時代——思い出そうとしているわけではない——砂にタイヤ——無数のジョウロ——山々の向こう——失語症を演じる、光

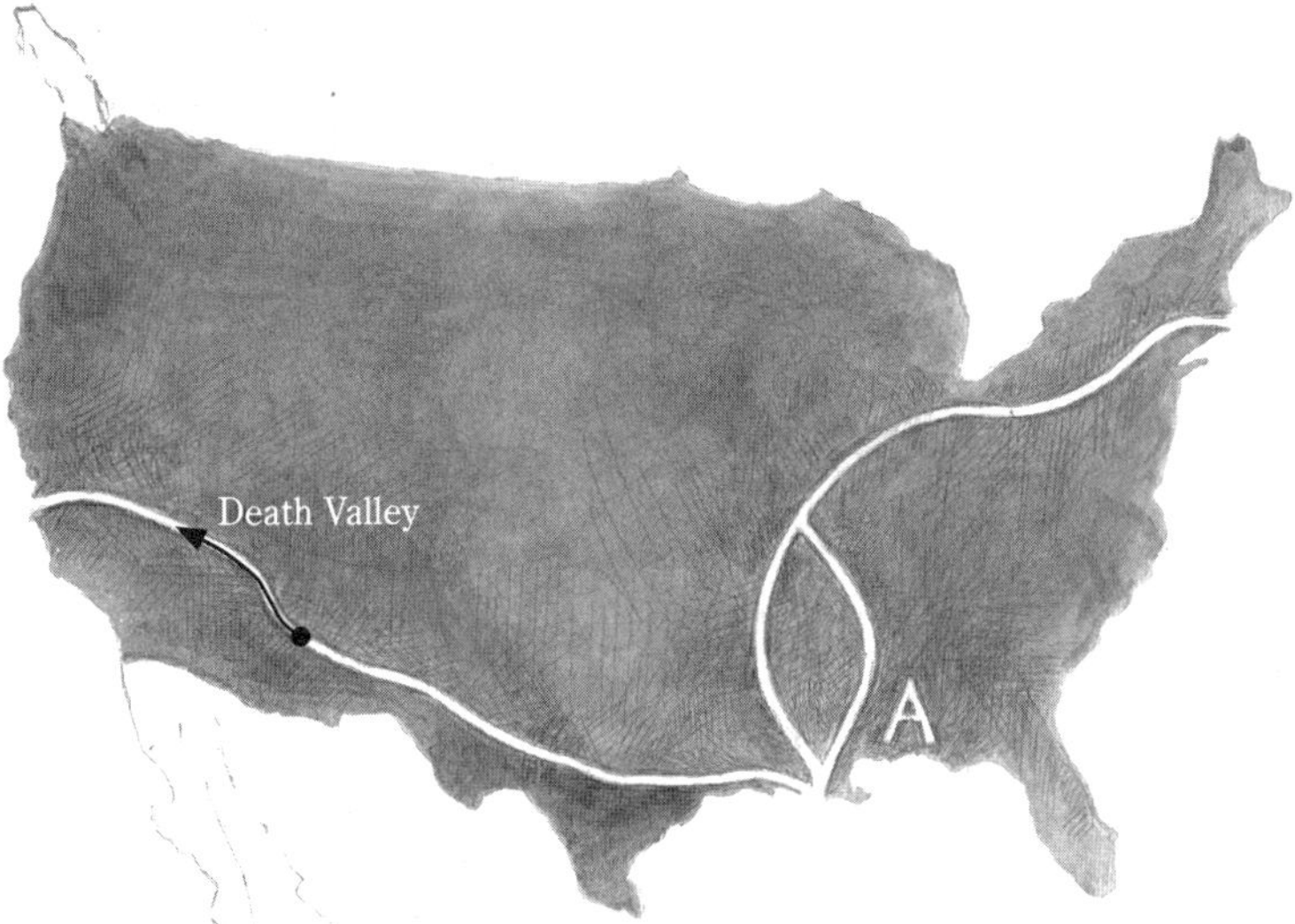

そうしていつの間にか、死の谷。
山脈の稜線が鮮やかで、
曖昧だ。
馴染みの使者たちに「元気かい？」と尋ねる。
誰も殺していなくても
像を結ばない死者たちが現れる。
おれたちの時代だった時代。
光の束が管を通る。
「人々」が再び消えていく。
おれたちの時代になる時代。
長生きをしたくて何にもしない日々。

不思議なのは、
　殺された女たちが
殺されたことを否認して殺した
　ボギーが全く関係のない
　　男たちに
　　制止されることだ。

　空を割る管を、
情報までが流れて。
　年老いたギタリストを偉く
　　思い始めると、サラダに
　まぶされた死が粒だった砂として

　　蘇る。
　好きとか、嫌いとか、
　　昔という名の今に。

死の谷での食欲減退は
夢想だった。
　顔を砂だらけにして、汗がにじみ出てくる穴を
　　砂で覆って、
　　二人は残りの食物を順調に減らす。
食卓へと続く幻、
　　溶けている。
　それでも食べる。
　　手錠のようなものだ。
　　弔いの儀式。
弔われる死者たちはセックスに勤しんでいる。
　　暑い暑い、夏。

彼女たちはクーラーの効いた小さな箱に収まっているのね。
そうだよ、
それぞれの紳士と一緒にね。
あなたはどの死者を愛していたの？
全員だ。
全員と言わざるをえないんじゃないの？
彼女たちがまだ息を吐いているからかい？

その全員にあたしは入っていないのね？
そのとおり。
一粒一粒の砂までが形を失っていくわ。
全ての砂が、か。
あたしはどこにいるの？
おれはその全員と川を渡らなかった。
一緒に渡ったのはおまえだけだ。
砂漠に川はないわ。
おれたちの町に川は流れるべきだろうか？
あたしの場所？
おれたちの場所だ、
怠惰な陽光が大手を振るのだ。
それをもって未来のない懐かしさ、というのね、
美しく前へと続く道のりだと。
いいや、
それをもって未来を持たない懐かしさというのさ。
そう、それは道のりを包み込むひとつの場所だからだ。
ひとつの、ね。
そう、面識もない一族と再会する疾走感なのだ。
ははは、走っていくのね。
同じように同じ砂漠を見ていても、
同じものを見つめているか分からなくなる．。
それが一緒にいるということよ。
全員とでなく、な。

ふふ、
ずっと砂ばかりだと進んでいるかどうかすら分からなくなるわね。
死の谷と名付けた人と同じことを考えているのだろうな。
その人、人でないかもしれない。
人でなしが落ち込む谷もなく、
それでも死の谷は何かの谷として機能する。
よくあることだ。
それ以上落ちることはないのだから、と呟くとある医師の挙動が
アクセルを踏む爪先に移りだして、収容されていた
全ての患者も
もう死んでいる。
貯水槽にためられた元気な怠惰さが懐かしい。
感謝を表現する怠惰さが、死者たちに
囲まれては一つ一つ剝がれていく。
誠実に歴史を認識するもう一つの夢。
全体から取り残され、ラップをトイレで口ずさむ少年が
山の向こうで笑っている。
夢想。
本当に山を越えなければならないのか？
袋小路すらない砂漠が黙ったまま眠っている。
生ける亡霊をかつて自称したボギーが、
川を渡って、本当に生きる死者たちに
囲まれたということなのか。
感傷を丹念に剝がしてきた死者たち、

生きて、
動いて、忘れていく。
スーザンは忘れることももう忘れている。
何も残さず生きていくこと。
年老いたギタリストが体を鍛えていて、
真夏の空気が砂の上で揺れて、
挑発する太極拳、
ボギーとスーザンが完全に動物になっても、挑発している。
無数のジョウロが正当化されて、破廉恥な
老人が満足げに死んでいく。
それは砂漠の外のこと。
そうして死んでいくことも贅沢なことなのだろう。
先端の管、画像を送っている。
砂漠を隔てる
山々の向こう、その要諦。
盗聴盗撮を終わらせるために
セックスをしろ、と喚き、
盗聴盗撮を終わらせないため、勃起状態に
学者がコメントを付し、
盗聴盗撮をされている対象が
ファシストだから、と左翼が太極拳に酔い、
主導者どもが尊敬を
求めて、グラスを傾ける。
でも、全てが過ぎ去っていくのね。

いいや、彼らは、
相変わらず、
見ている。
何を?
二匹の動物の蹄。
あなたは左翼が嫌いなのね。
その通り。
じゃあ、やはり、
右翼なのね。
おれは、でも、右翼とか
左翼とかじゃない、と言うやつらがもっと嫌いだったぜ。
盗聴盗撮は文化になったのね。
砂を越え、山々を越えれば、
カリフォルニア。
ああ。
カメラがまだ待っているのかしら。
だろうね。
怠惰な陽光が射す、
約束の地?
等距離に点在する
言霊が、青い尊敬を捨てていく土地だ。
言葉を捨てたい。
失語症への誘惑、ね。
二人して失語症になれば、解釈は反射のみに委ねられる。

失語症になる練習をしよう。
ええ、失語症を演じるに足る修養、選定。
二人して症状を、互いの監視者への身振りの中に
確認する。
言葉を失ったふりをして、生活は続いて、
盗聴盗撮も続いて、
そればかりか、
生放送する
暴力を大学教授たちが
支援する。
失語症を演じる、
光。

XII、ロッキー山脈から、怠惰な

廃屋にピンクの象の置物——キャディラック・カウボーイ——
支払いのない売春——山道を整備する——礼節が闊歩する
——労働者だ！——練習、練習

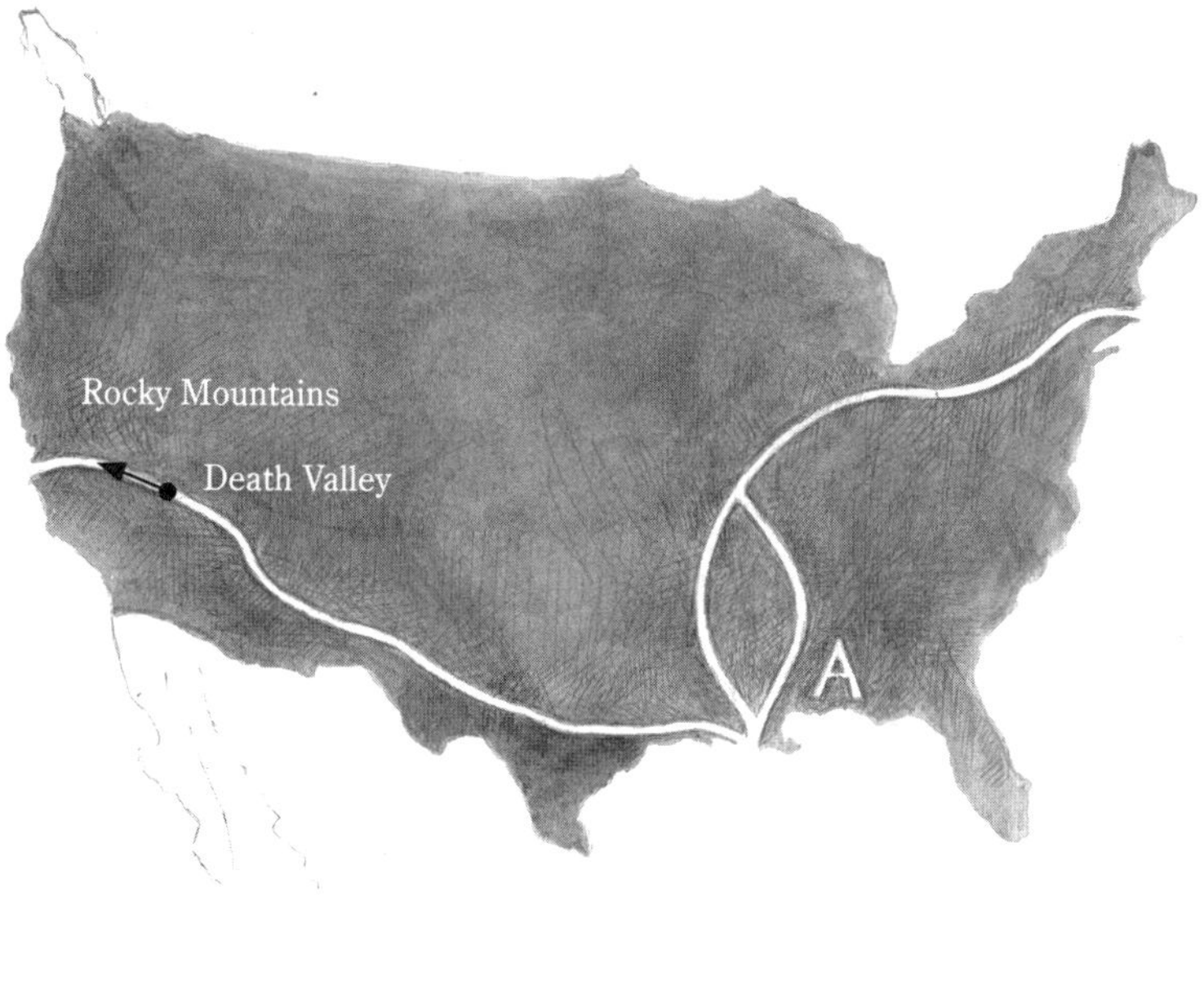

山を越える途中、
峠の近くの
　廃屋にピンクの象の
　　置物が
　あどけない
光を
　切り取っている。
屈託のない眼。
　　裏切者階級が、
闘争の継続的な
　有効性を担保して、
　　澄んだ空気、
はにかみ。
　オープンすぎる監視は
　　　もはや監視ではない？
　　誰も
　気に留めない
　　画面に光が
鈍く反射し、
　幸福が
籠城する。
画素は
遍在し、

どこにもない安息を
　分解する。
山を
越える
タイヤは
砂漠の砂と
　ロッキー山脈の草を
押し
つぶし、
ひっつける。
　南部の老人が
かつて
キャディラックに
映した
カウボーイ、
新婚旅行と
いっても
画面の中では
　逃亡者と
売春婦、
　それでいいのだ。
「おれ」は安らかに
　ペン先を
磨いている。

お金のやり取りは、
ない。
　山を越えて
落ち着く平原も。
　やり取りなくても
体を
買っている。
　それでいいのだ、光が
　二つの体に
差し込む
　のだから。
　人工的な線、
暗闇から
　突き出す管
おれたちの町に
なる町。
裏切ることの
　倫理を
メロウな
ギターが歌って、
墓石職人の
　寝息。
過ぎ去った日々。

ビルの屋上から捨てられるタバコの灰のように山を下る。
　幾つもの幻影が
　それぞれの場所へ降りていく。
体を抱いていなくても、
体を買っている。
やり取りは、ない。

　死体の意味。
町が出来上がっていく。
「おれ」が作った町だ。
買われた体が積み重なって、健やかに、
　それぞれの在処へ。
　種のように散り散りになった死
体たち、その持ち主たちが
　屈託もなく笑って、それぞれの
幻影と踊っている。
　権力者、コーヒーショップ店員、
大学教授、炭鉱夫。
　たいした話ではない。
日光に泣き顔を捉えられないように。
　しかし、光、

情報を運ぶ光、太陽を
嘲笑って、人工的な反動を！

カリフォルニアへの
崖、
町は
見えず、人間の
息が見える。
遠くの方、電波の
集まる方向、破滅の
テーマが
浮かび上がる。
助かった。
ボギーはハンドルを
切る。
崖へ、人へ、
電波へ？
宗教心の芽生えもどきを
殺して、
息を整え、
懐かしむ気持ちを
活用して、大義。
指先に。
おまえは歌うな。

山道を切り開いた人よりも、
山道を整備する「人々」を想う。
そんな時代だ。
年金の多寡を語るように、セックスの回数を数える。
どうでもいい話だ。
進軍の掟を逃避行と
読み替えて、何にも属さない。
おめでとう、「人々」の闘争よ。
生きているようでそれほど生きていない。
人生だ。

口ずさまれる戦前ブルースを
懐かしいと言う。
ディズニーみたいだから。
正しい判断を下すスーザンも
それほどには生きていない。
かくも民主主義的な下山、
ドリップより
インスタントコーヒーの方が
美味しかったりする。
一つの判断。
おまえの遺徳を
豆皿に添えて

大義を
少し
覚まそう。

故郷から遠く離れて、故郷。
白人たちが幾つもの蛮族に戻って、服をまとった
礼節が闊歩する。
『ブラックボーイ』の書き手は
ステレオタイプに閉じ込められたまま、再び白人の尻を
触ろうとする。
それは性欲だ。
それは性欲なのか?
ボギーとスーザンは消えたこともない
蒙古斑を探す。
尻にではなく閉ざされたガラスの
向こう側に刻印を。
引き延ばされた夏に風が吹いていることが分かる。
アラバマを占拠する者どもは
居直り、テーブルを手放さず、
ボギーとスーザンに権勢を押しつける。
金はない。
やり取りも、ない。
ラジオから流れ始めた音声が季節を簒奪している。

XII

失語症になる練習。光。夏の静けさを埋める無言。セックストイ。光。愛はあっても玩具。管の中を通る記号。記号を受け取る「人々」。愛があるからこその奴隷。誰の?互いのではなく「人々」の奴隷であり、彼らは貴族だ。早いか遅いかだけの違い。光。労働。継承者のいない、光。

車内のパーティー。光。光の中の言語。光を通る言語。沈黙。もう一度、幻。ドリンクホルダーに放り込まれた風船ガム。素直さを要求する老いた文章家たち。その死。カウボーイのタイヤ。子供の種にならない食物。破顔。血族への侮辱。孤児の。光、下山を可能にする。舗装。砂埃。

「それ自体を」というありふれたレトリック。凡庸なカップル。

光、平等のもとに生まれた生物を特殊な状況に置いて、再び「普通」へと導く。非凡な笑顔。その淋しさ。もう一度。シャッターが自ずから開いて、何かを告げる素振り。口が寂しくなる、秋と冬。血。怠惰さに汚れた襟。

　残党としての
自己定義を
振り
払い、
　カリフォルニアに
入ると、
　何かを
お互いに
　告げなければ
　　ならない。
　　失語症になる
　練習を
　　したまま。
鯨の形をした
　　山、
　もう目にすることは

　ないだろう。
　　お互いが
　置かれた
監視状況を
　もう言葉に
することは
　できなくても。
道端で
用を足す
　スーザンは、
襟を。

結、晒す光へ

実は左翼的なところはあるでしょう――ロック老人たち――バハードゥル＝シャー２世――水路が走る、歓喜――怠惰な光――闇夜のセックスの中に――町になっていく町――禁止形のカリフォルニアでこんにちは――認識のモーメント――監視の中でしかあなたを見つめられない――人口の光を――潮騒――無人称の怒り――光を暴くこと

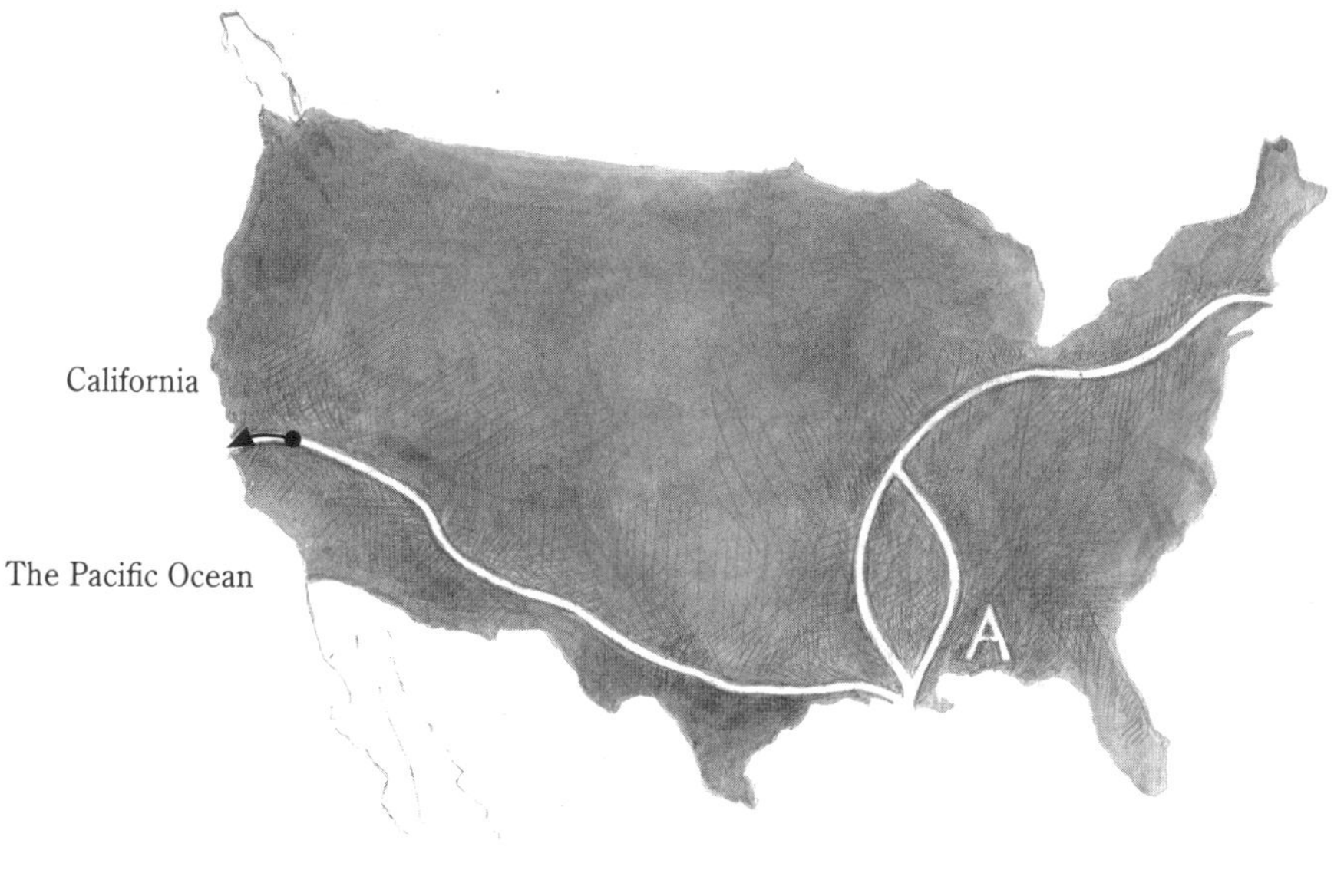

あそこに川がある、洗濯を
したいわ。
監視状況を作って
煽っておいて、被監視状態から権力を獲得しようとしていると
断定した研究者たちを
おれは許すわけにはいかない、界隈の茶坊主文化人たちもだ。
もう渡らなくていいの？
ビールが冷えている。
川は毎晩、
車の中で渡っているものね。
それが左翼とか呼ばれる
リベラル文化人からでも？
何をしなくても襟は汚れる、何をしなくても
人は働いていて。
ええ、ビールが冷えてきたわ。
おれたちはゴート族だ、
おれの領主は無学文盲だったのだ。
いいえ、あたしたちは
権力を手にしたのよ。
そうだ、
風が吹いている。
きっとね。
こうして
言葉を失っていくのね。

腹が膨らむと人は
油断する、
倫理的な態度というものだ。
あたしたちには子供はできないわ。
もともと誰の物でもない言葉が
無に帰っていくんだぜ。
あたしたちは黒人であるべきだったのよ。
山の中には春夏秋冬、
枯葉があるんだなあ。
練習しましょう。
おれは政治には興味がないね。
ロック老人たちが死んでいくわね。
ラジオの音を上げて、
眠るのさ。
キムチという食べ物は良く出来た食べ物ね、練習になるわ。
おれたちの町になる町には
きっと捨て犬を処分するビルがある。
アメリカに王様はいないけど
貴族がいた、
クールだと思うわ。
夕闇が深まってきたね。
ああ、あの隠し子は
おれたちを憎むようになるだろうさ。
どうやってお金を稼ごうかしら。

物乞いを憐れむような怠惰さが、
山の中には埋まってると思わないかい?
ボギー、セックスをするたびに
あたしたちの子供が死んでいくような気がするのよ。
濃い光だな。
いいか、跡形も残らないもの、
そんなものがかえって民主主義なんだぜ。
ねえ、人の私服は
制服的であるべきだ、と考えて
ずっと同じベルボトムをはく友達が昔いたわ。
枯葉は燃えるのが早いな。
きっと、
インドの皇帝が
死ぬ直前に
最後にしたセックスの日付を
思い返したようにね。
善だ。
窓外を
次々と、流れることができるものが流れ、
できないものが「最後の日々」を
発酵、
あたしの次の住処では
もう新しい骨董趣味が。
カリフォルニアの光がアスファルトに差し込んでいるな。
タイヤにあの手紙が
絡みついているに
違いないわ。
その光、被疑者を
映し出す
管自体の
酷薄。
ええ、ドアを開けたすぐ左手、
そこに灰皿を置くこと決まっているのよ、
どんなドアだろうとも。
身投げの名所として高名な川が
きっと流れているのだ、ワインを育むあの光が
物語という物語を畳み込み、
腹が減ったな。
絶望、光、
そんなものよ、
ケチャップの発明とそう変わらないわ。
川を渡ったあたしたちが
身投げ川を渡る、
どうかしら?
敏感さの競争を辞して、互いの鈍感さを
火鉢の脇に持ち寄る、
山に置き捨てられた
車両の持ち主。

破滅への予感の中であたしたちの町に
水路が走る、歓喜、
恐怖、驚愕。
ああ、いつか作ることになる合鍵は
生活に沈んでいくだろう。
茶碗が主人公の小説、太平洋に向かって
開いているわ。
そう、盗賊の首領も
責任感ではち切れそうなものなのだよ。
ノー、合鍵、
沈んで、
沈んで、
理念にはまっていくのよ。
おれは「あめりかに階級はない」という
昔ながらのアイデアが
好きだね。
そこでは蛮族が精妙な金庫の番をする。
ティーシャツを発明した人だって、人が
何かを勝利とともに
生み出したことなどないと十分に
知っていたのさ。
そうね、あらゆる時計が
瞬間に
遅れて

産み出されたように、あたしの
子宮も回り始めるのよ。
夏の最中に立春の前兆を見つける、たいした運動じゃないか。
怠惰な光が待っているわ。
光、
その中で、おれはおまえを見つめることができる。
その怠惰な恩恵、光、
おれはおまえに触れていることが
証だてられる。
そうして、光、その速さによって
おれたちの営みの
全てが全世界に映し出される。
プライバシーの
消滅、つまり、
曙光。
光が消える時、
そう、消滅が消滅する。
消滅の概念が消滅する暗闇があたしたちの生活を
飲み込んでいくのならば、一本一本の
瓶詰ケチャップに詰め込まれた発明、
愛の生産を愛人の産出と読み替えて、暗い夜の工場で
「人間」が誕生する。
太平洋、人を怠惰にする光、
開かれた乳房の谷間、

古代を想う事もそう難しくない闇。
カリフォルニアに入って
人家は、
むしろ、
まばら、
そう、どこで
ベルトコンベアは動いているんだろう。
不思議ね、夜の方が「生活」を
感じない夜。
素晴らしい夜だ。
十人の人が十人の人生を
享楽しているのではなく、多くの人が人生を
実は生きていないことが
むしろ民主的な
偉大な夜。
そう、それは民主的なのよ。
ああ、
人が実はそこまで人生を
生きていくなくても、生きているという
事実が残るからかい?
事実が残らなくても、
生きていなくても、
生きているからなのよ。
不思議だ。

ずっと二人で会話を続けているだけで、
おれたち以外の
「人々」の
言葉がおれたちを
貫く。
本を読まない人が
言葉を覚えるように、二人きりの
闇夜のセックスの中に、
既に死んでしまった叔母さんたちの
息遣いが
混じり込むように、そうして
魂の輪郭が鮮やかに
浮き立って、
ねえ、ハイビームで照らし出しましょう。
人生の輪郭を、窓外に
過ぎ去っていく
中身のない追憶の中に。
おれたちの町になる町、
光の中に立ち上がり、それとも、闇の中に
掘り起こされて、光、
全ての音声もそこでは
抜き取られて、
試験管の中で煮沸され、生活の全てが
篩にかけられ、

解釈の網の目、つまり、
おれたちの町になろうとする町、
海から近く、そればかり、
海に向けて
開かれて。
怠惰な
光、全てが全てを
映し出し、無数の管から
試験官を無表情にさせて、あたしたちの
町、あたしたちの町だった町、あたしたちの
町になる町、
渡りきれなかった川すらも
越えて、人工的な光、
イタリアの廃墟に
投げられた解釈の篝火、意味がなくて、
けれども、
残酷な光を鼓舞して。
海、山、
亡霊。
南部のプランテーション、テキサスの低木、
砂漠に沈むタイヤ。
おれたちの町になる町、
おれたちの町が本当におれたちの町になっていく、
その淡い。

光、そうして、
おれたちの夜の営みもが放映されて、古代の
理想が蘇り、
民主制、
貴族政、
あめりかの貴族、
管、
革命。
町になっていく町、町であった町、
町であることを放棄した町。
緩慢な光、
その水の
流れを整備しない。
町という町、
町という名の町、
海に近い町。
おれたちとあたしたち。
その狭間の光。
性の狭間の水。
監視を正当化する光。
けれども、監視の中で
歌う事を歌う。
愛。
監視を撃つ、光。

大々的に撃ち返せば、音が
静まり返ってしまう。
あたしたちが密やかに生きていくことが復讐となり、
それはあたしたちの復讐ではなく、
復讐されるべき云われのない存在から
復讐そのものであるような存在への通路となる。
その壁も照らし出されているわ。
静かに！
死の香りに従順に！
人と酒を飲むと、
誰かを刺したり、誰かに突き刺されたり、
そんな過去が
蘇ってくるものよ。
暗号を解読する
過熱の中でさえ、スーザン、
人は辛辣な丸いものを掌に隠し持っている。
いいえ、子宮から血が
噴き出さなくても、
誰かの傷口が、
誰かの。
町ごと消え去った町。
開拓者の反復。
町が近づいてくるな、そうして
海の香りを
期待してしまう。
「最近の若者は
父殺ししないけど、父殺しって古いよね」とジーパン姿で
缶詰をしまう
老人たち、笑顔である。
町を作るのには何人くらいは必要になるの？
モダンでなくてはならない、工場の
徹底的な美。
階級闘争とあめりか。
ふふ、左右が対立していくことが
良いことなのにね。
再び、微妙に
ミスした固有名詞群を
投げつけられるテスト、
不機嫌な沈黙で
通過して、頑固にも石垣を要請する。
ぱおーん、
山肌の貝殻。
ハイウェイだ、ちょっとした
人気のない空地に、
草に、
歴史が詰まっている。
ママ、
ちんちん。

歴史に光が射しこむとき、
男と女が手を離すならば、
本当にそういうものならば、
一人だけしか利用者のいない言語も救済されるだろう。
ええ、おまえたち、
スーザン、町を作るのに必要なレンガの数。
光、
自然が人間を摸倣する。
光、車輪の軸を少しずつ緩くする。
光、数、ちんちん。
沈黙さえが
嘘に映える坂道、夕闇の中で
言葉を失っていく。
消えていく。
光、怠惰な光、
旅の終着点を懸命に。
労働者、
「不実な召使」、謙虚な投資家。
坂道を滑り、
人とは、淋しさを噛み締めながら、
さらなる淋しさを自販機で買ったりするもの。
二人だけの町、光、
衆人環視の中で。
ね、幼稚な囚人が揺さぶっているわ。

あ、
揺れている
言葉の幹が、沈黙の根元。
そ、帰っていくのよ。
慣れた
二段ベッドへかい？
どこの？
そうは会話は続かない。
「おれ」のペン先に追われる二人、望遠レンズの集合的対象である
一組の番い、
おまえたちは熟れるな。
光の中に熟れるな。
おまえたちの町、おまえたちの
カリフォルニア、
スーパーマーケットのアボカド、指跡。
町になろうとする町、人いきれの中に。
おまえたちは、
人の光、
その中に熟れるな。
子供が「自分の世界」に浸って、成熟の林檎が
枝から離れ、
さようなら。
おまえたちの愛は
もう

時間の中にある。
歌うな、
光の中、車軸がほつれていく。
海の香り、
鼻腔に突き刺さり、
おまえたちは、
おまえたちだけの会話の中にすら、
解釈の残骸が、
微笑とともに、
立ち上がる。
煙突のように。
決して口に出してはならない「事実」のように。
おまえたちは「事実」ではない、
人工の光の中、ない。
それは痕跡だ。
いや、
既に痕跡である存在なのかもしれない。
スーザン、片腕を
高く上げて、疑うな。
この世の疑いの全てが
人工の光を
逆流して、カビに
閉じられた辞書。
偽史的な。

仮面を剥がして「何もない」ということが「ない」ならば、光、
むしろ
レンズを覗く人の恐怖を。
微笑。
「解釈」を行うための装置が「事実」を
焙りだす歯車として
回りだすならば、
「事実」は再構成されるという
ヒッピーの
弟たちの
発見ですら、もはや、
この光の中で逆流していく。
ボギー、おまえたち、
乗り捨てた車が再び帰っていく。
戻っていく。
その先を見つめるな。
巨きな石、
蓋。
おまえたちは、
開くな。
閉じられた
言葉の中、レンズの向こう、
解釈者と通じ合うな。
光、巨石、

資本主義の興奮の中でおまえたちは
時間に落ち合う。
おまえたちの
結婚。
そもそも歯車の
外側で。
おまえたちが睦みあい、移動はもはや旅ではない。
時間の中。
「証言」が積み重なり、町。
おまえたちの
町になる町。
町になろうとする町。
町としてやっと見出される町、
おまえたちは
歌うな。
海の香りすら
脱ぎ捨てて、おまえたちは
辿り着く。
「人々」の光に
照らし出された、岸。
町を、
高く、
おまえたちは拒むな。
「証言」を突き抜けて、新たな町、

すぐに何かの痕跡だ。
拒むな。
「証言」の山を築いたのも人間であれば、それを
突き崩すのも人間で、
グラスの内側を
螺旋状に落ちていくもの、言葉の中に
流れる「人々」の雫。
回って、
回って、
ジョンとかメアリーとかトムとか
ジェリーとか、
落ちていく。
おまえたちは浪費するな、「人々」の
虚無的な
感情を。
時間の中に。
管の中、棕櫚の葉に
当たっては
曲がっていく
光、
無人称の怒り。
映し出されている。
映し出された影絵を見つめる
プロセスの

中に、
その営みそのものを。
落ちていく。
逆照射。
おまえたちの日々の食卓を、些細な行き違いを、光、歌うな。
進みゆく針、
蕩児の家系、
清掃業者の貴族主義。
食卓上の
花入れ、ファンキー、
くねくねして、
動かない。
おまえたちの小さな巣、
間取りも不明瞭、
残像のみ大量に
消費されて、新しさを歌うな。
おまえたち、
言葉の
網の目に
絡み合って、動くな。
見つめるな。
愛を小さく振りかざして、古い暗号の
意味が
息の中に戻り、ぶつ切れの生。

会話が途切れても、
もう前に進まなくても、
進んでいくもの。
おまえたちは、もう演技という概念すら忘れている。
光の中、
進み、
誰かの
意味不明な刺青を
遠くから眺めて、望郷の念を
流していく。
不思議、
なぜかまだ生きていて、
おまえたちはペン先に光を浸す。
巨きな非人称のペン。
その装置的な
ペン先を拒むな。
おまえたちは光を拒むな。
それが人工の暴力的な
光であっても、
その中で、
互いを認め、
互いの息を聞き取り、おまえたちは
だから見つめるな。
ねえ、会話が永遠に途切れたあとも、残るもの、それは？

おまえたちは、
それを問うな。
光、
それを答えるな。
光を見つめ、
光を失う。
暴力的な人の光の中でしか
露わにならない、
互いの耳の
輪郭、
互いの顎のライン。
おまえたちは
光の中で、光を問うな。
歌うな。
それが消滅した言葉の、つまり。
おまえたちは
互いを
見つめることは
できない、
自然が消え去ってしまった、光。
映像。
消費。
存在。
おまえたちは光の中で、

問うな。
歌うな。
光の種別、自然、
人工、監視、擁護、解釈。
問うな。
不問にされた航跡が
海の向こうで消えていく。
おまえたちは、だから、光を見つめるな。
光そのものを、光の中、見つめるな。
消えていく像、時間の内側。
発するな、言葉を。
自然な言葉を。
光の中で光を。
言葉の中で言葉を。
時間の中で時間を。
光、それを捕まえるな。
光源を、
押し黙って、
おまえたちの
日々の
生活が。
そうして、暴力的な光の中で、おまえたちは捉えるな。
おまえたちは、
互いを

捕獲する。
露わな
光の中、
暴くことも、
隠すことも
できないもの、
無色の
光。

ミシシッピ詩篇

捕囚と鶏肉――バビロンではなく

アメリカ
人
には
アメリ
カ　を　分かる
余地があるのだろうか？

八丈島に生まれた素朴な青年が石原吉郎を真似て作ってみた詩である。
いい詩である。
すごくいい詩である。
インテリはむしろ永井荷風やトクヴィルの影響をそこに認めるだろう。
だが、おれはむしろ
鶏肉を頬張る
アメリカ人の

頬の
アメリカへの
影響をそこに認めたいのである。

だが、諸君！
ペダルが逆向きに
回る。　ペダル
の上に自転車が、
革命を歌うものだろうか？（いやおれは口を開くまい）
クラリッサは　日記を
リッサという名で
つける。　消えたクラの方は、
日記の革表紙から
飛び出て　生きいている。　まったく
いつになれば就寝時間なんだろう、
くだらない話である。
牛がうんこをしている。
草からいきなり樫の木が育つだろう。

革命などに興味がないから、

おれは　生粋のベイビーである。
茶坊主になって、
そう　セックス茶坊主ども
を横目に　保守的に　保守的に
ティーポットでコーヒーを作ってみた。
苦い。　クラリッサは片目を閉じる、
閉じなかった片目が
今度はリッサと鉢合わせる。
ペダルが正しい方向に、
回り始める。　実に愉快である。
クラ。　リッサ。　おやすみの呪文である。
そうでもしなければ、
明日の伐採作業で足が凍るだろう。
転がる丸太が足首を折るだろう。

D・H・ロレンスは、
アメリカ文学は子供の文学だ、
と激賞した。　心から。　すると、
アメリカ
人

には　煙たがられた。　それで、赤い月が出た晩にふと、
メキシコをアメリカと思うことにした。
アメリカにメキシコがなったら、
今度はアメリカが
大人になった。
これはテキサスではとても有名な話である。
簡単な話だ。
テキーラでステーキを焼けばいいのである。
そうして、草が燃える。
樫の木も燃えた。
牛のうんこは燃えず、
クラリッサは焼畑農業を学びそこなった。
コーヒーを淹れよう。
クラ。　リッサ。
長い時間がたった。
5年ぶりのあいさつにはこんな呪文がいいだろう。

短距離電話

ガキの頃、短パンの頃、
ランディがホームランを放つと
自然と小さな日本人どもが奴の放物線を描く
太鼓腹に吸い寄せられて
そいつは、――ステレオティピカルでいて
むしろトロピカルな
猿みたいな東洋観の残像だったんだが、――
無邪気さすら叩き込むランディの
シェーヴィング・ローションの香りで
おれが実際に使いだしたのは、一人暮らし
始めて、淋しさを学び始めたところ
ランディはなぜかオクラホマ州上院議員になっていた
そいつも退屈な事だろうか、諸君？
不思議なものだ、諸君！

そういやあのインディアン、長い髭を生やしてた

海の向こうの丘に電話する
そんなことに逡巡していた
5月のアスファルトの季節
だったら一人で生き抜いて
やるとおれは息抜きながら
そこには誰もいないことに
暴食しながら全ての歩行者
が流れ去って今その裾野の
灌木群に絡まって絡まって
一人で生きるのは多大なる
観察者達を要するのだから
ああ、分からない、今度は
それは一人で生きることで
ない事、なあ丘の真ん中で
了解されて、ああ、今度は
短距離電話か短距離糸電話
海はゆっくりと一滴の何か
短い髭に絡まった塩が香る

鶏をマウンドに立てると
ボールを投げてくる代わりに
卵を産みやがる
転がる無数の卵が政治屋たちの
足をとる
とても滑稽なのである
ラジオ中継はないのかい、ハニー？
だとよ！

そうしてランディ・バースは合衆国次期大統領候補第５１位となった
とりもなおさず１番ということである
なあ、どうだい、卵生まれのチンギスハン？

アラバマのインディアン・マウンドでは
勇猛果敢なインディアンの亡霊に
蒙古斑の痕跡が認められないか、その証拠探しに
学者達が躍起になっている
どいつもそろって蒙古斑を見たことがないから
モンゴルからおふざけ力士を呼び寄せた

おけつをペローンと
おけつをペローンと
むいて、殻でマウンドを補強した
勇猛残虐な蒙古人に短距離電話など必要ないさと
おれは泣きながら電話を自身の蒙古斑に乗せる
そいつは蒙古人たちが走破した距離に
充当したお荷物だからなんだ、おれは大平原に女の影を探す

親父は交通事故で死んだ、時速200キロで
悲しいのはそのことを悲しむスペースが
おれに1キロもないことだ
ランディの難病を抱えた息子は
どうなったんだろう?
おれは決して会うことのない彼の幸福を
願ってやまない
おれは海のこっち側にいる

野蛮な休日

赤い夕方の
線路わき
夕方を
待つ

複数の枕木を
打ち抜く
犬釘
抜き取ろうと
指

切り取られた空虚さ
その傍ら
磁石　人間を指し示さず

凪

毛細血管に流れる
スープには
ユーモアの爪
逆向けて
痛むスプーンが
指と指に
植えられて　信号

アラバマがもはやシベリアなら
おまえを覗きこむ池
攪拌する夏も
転進するだろう
指の動きとは　畢竟
爬虫類の中の哺乳類
池に映し出された一つの
寝息は
風が凪ぐと
四季を　無効に　する

鍵かけられた
夕方
昼夜の逆転が
宙づりに
拘束
その向こう
赤い線路が
不気味なほどおっとりと
夕方を待っている

帽子、白線、沈黙――ハーマン・メルヴィルは彼女をどう？

天気の白い線に
刻み目が
入り、気持ちの
荒んだ男が、帽子
を目深に
かぶり、魂にまで、中国にまでも深く
降りてゆこうとする男たちの
ひさしを、殴り落としていく　その
先には、港がある。穏やかな護岸の上に
誰かの穏やかな目が窓を、
開く。男に値札はぶらさがっているのか？
おれには分からない
おれには分からない
何も持っていないからだ

札束に興味が持てないほどに
穏やかなのか……

湖的大海
如女頷動
不波立静
泥水寧清

帽子を買いに行く
途中、点線の
向こう側の運転手が、
貴族的にタバコをほうり捨て　ぺこりと
頭を下げておれは性別を　捨てた
性別を取り戻すために
おれは帽子を買いに行く
はずだった　はずだった
未来が　おれに性別を与え
人間を奪っていく
シンプルに
シンプルに

帽子を買いに行く男女は
いつも無言だ
無言の中で何かに蓋をしている
彼らが買う帽子の窪みは
空気が今、詰まっているが
真空になる
気をつけなさい
真空になる
同量の空気が、帽子で
カバーしきれない頬と唇に
吹き付けられるだろう
何かが追いかけてくるとしても
何かが追いぬいていくとしても
それはとても良いことだ

意味のない値札がたくさん埋められた
太平洋にたくさん浮かぶ墓標のように埋められた
綿花畑はとても白くて
だから　白くないところが

目立つ　とても良いことだ
帽子を発明した奴は、今、
孤独に興味をなくして、今、
一人っきりで綿花畑の中で寝転がっている
とても罪深いことだ
とても罪深いことだ
おれが買う帽子には
ポリエステルが黙りこくっている
帽子を買おう
それは悪くないことだ
きっと悪くないことだ

アラバマ太平記《たいへいき》

著者　大野南淀《おおのなんじょう》
発行者　小田久郎
発行所　株式会社思潮社
〒一六二―〇八四二　東京都新宿区市谷砂土原町三―十五
電話〇三（五八〇五）七五〇一（営業）
〇三（三二六七）八一四一（編集）
印刷・製本所　創栄図書印刷株式会社
発行日　二〇二〇年九月十五日